# 睚眥 Yázì 武打明星的試煉

作者：陳沛慈　繪者：楊雅嵐

太白星君經過三千年的提煉，終於煉出最完美的仙丹。於是，他設宴邀請天上各路神仙到仙翁府慶祝。

龍王帶著龍皇子一行十人，到仙翁府道賀。宴席間，龍皇子們追逐嬉鬧，不慎撞倒了煉丹爐，又毀壞了太白星君收藏寶物的百寶櫃。

龍王一氣之下，將九位龍子打下凡間並沒收他們的神力，讓他們以小學五年級的學生身分，在凡間重新學習。

九位龍皇子必須一面修行，一面助人。每幫助凡人一次，便能依功勞的大小，恢復分量不等的神力，唯有將所有神力恢復，龍子才能返回龍宮。

# 睚眥 Yázì

龍子小檔案

人名：涯自
龍子排行：老七
能力：武術高強、擅長各類兵器、自詡為兵器之王
年齡：十一歲（實際年齡五百零五歲，龍族中的青少年）
身高：146公分
體重：39公斤
身分：五年級小學生、武打明星
個性：衝動、好鬥、恩怨分明

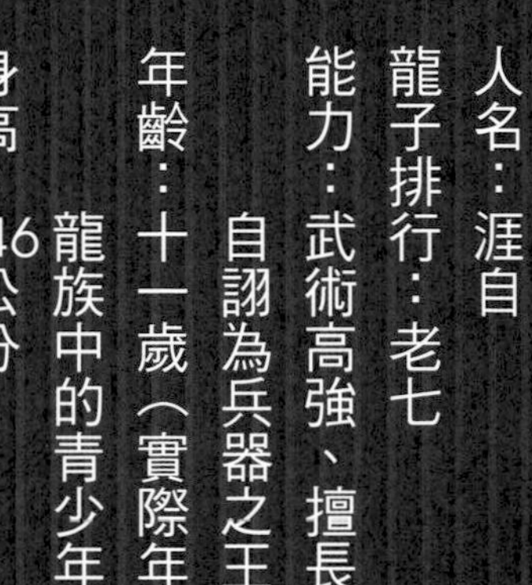

## 隨身道具

**龍王呼** 龍宮聯絡器

**龍型玉珮** 神力保存器

風，吹過翠綠茂密的竹林，竹葉發出海濤般的聲音，掩蓋住少年急促的腳步聲。白衣少年像風一樣穿過竹林，躍過高聳的圍牆、跳上屋頂，他沒有刻意躲藏，在墨黑的屋瓦上，宛如一朵醒目的白雲。

白衣少年手握長劍，停步觀察數秒後，開始在屋瓦上飛奔起來，腳步聲引出屋內的一群黑衣武者。

「刺客，有刺客！」數十枝羽箭同時射向屋頂，羽箭紛紛釘在屋瓦上，卻跟不上少年飛快的腳步。

這時，一枝帶著紅羽的箭從對面的閣樓射出，少年揮劍，

劍身緊緊貼在飛箭下方，再一個俐落轉身，飛箭便順勢轉向，勢如破竹的朝閣樓方向急速飛去，閣樓立即傳出一聲慘叫。

大宅院裡，油燈一盞盞亮起。廳堂內湧出一群人，走在前面的中年男人，抓著一位嬌弱蒼白的少女，冷眼看著屋瓦上的少年。

「少白，救我！」看到少年的身影，少女放聲尖叫。

聽見呼救聲，少年眉頭微微皺起，縱身跳下屋簷。十幾個黑衣武者將少年圍住，卻被少年的殺氣逼得不敢向前。一群人以少年為圓心，快速往大廳移動。

「少白，快救我！」

一個耐不住性子的黑衣武者拿刀從少年後背砍去，少年背後彷彿長了眼睛，轉身一踢，黑衣武者被踢飛數丈遠，落下來時已失去意識，嚇得其他人退開好幾步。

「飯桶！快擋住他，不、不，快殺了他！」抓著少女的中年男人大叫，不停的往後退，慌亂中才想起要關上廳門，沒想到，門已經被少年一腳踢破。

「快、快、快殺了他！」中年男人拉著少女狼狽的跌坐在地，兩人同時不停往後蹭。

男人臉上全無血色，彷若看到地獄來的惡魔，「救、救命啊！別讓他靠近我！」

坐在地上的少女也看傻了，臉上表情扭曲，像是在驚嚇與歡喜之間糾結，聲音既抖又尖：「少白，你……你快救我……救我，救……」

少年朝少女狠狠瞪了一眼，少女張開嘴卻想不起任何一句臺詞，坐在地上哭了起來，「好可怕，好可怕……」

少年的耐性似乎到達極限，拿著劍指向少女：「吵死了！不准哭！」

「卡！卡！卡！」四周燈光大亮，氣急敗壞的導演走了進來，「睚眥大少爺，她飾演的是你心愛的女子，你冒著生命危險來救她，不可能對她這麼凶，拜託請照劇本演！」

「我說過，這部戲的女主角必須真的會武功，不是這種愛哭鬼！還有，道具組給我這把什麼爛東西！」白衣少年將薄鐵片做成的劍往旁邊一射，原本毫無殺傷力的道具卻直挺挺的釘入木牆中，嚇得工作人員落荒而逃。

「哼！」睚眥大搖大擺的往休息區走。

「睚眥少爺，她是知名武館推薦來的人，會武功又漂亮……」導演差點撞上突然停下腳步的睚眥。

「會武功又漂亮？你乾脆說她是飛天仙女好了。」說到仙女，睚眥就想起龍小妹，龍小妹從小跟著他練武，雖然武術沒有他厲害，不過也足以打贏多數人。龍小妹長得多美啊！就是一個小仙女。如果是龍小妹被抓，他……不，不只他，九個兄弟一定都會拚死拚活把她救回來。

「等我完成任務，就帶龍小妹來凡間玩。」想到自己的小妹，睚眥難得露出笑容。

「大明星，你……笑了，表示……」導演一臉討好的看著睚眥。

睚眥皺起眉頭，指向坐在地上哭泣的女主角，冷冷一笑：「別開玩笑了！她一點功夫都不會！」

睚眥還想說下去，胸前的龍型玉珮卻忽然震動，打斷他和導演的交談。龍型玉珮震動，代表龍王府傳來緊急訊號。睚眥臭著臉，快步走出片場。

「大明星，拜託別走啊！女主角我馬上換！你再等個半小時，不，等幾分鐘、幾分鐘就好！」不理會導演的哀求，睚眥頭也不回往外走。

一出片場，鎂光燈和女孩們的尖叫聲此起彼落，「睚眥！睚眥！你最棒！睚眥！睚眥！你最帥！」

一群名為「跟著睚眥闖天涯」的粉絲團，正在大聲歡呼。無論他在何時何地拍戲，只要一走出片場，總能在第一時間聽到粉絲們的歡呼。

他戴上新穎的墨鏡，釋放出身上所剩無幾的龍神力，讓全身籠罩在橘色的光芒中。

「啊！帥爆了！」

「閃瞎了！」

「星光普照！」

尖叫聲中，睚眥揮了揮手，鑽進等候在外的限量跑車。以他一貫自信又帥氣的姿態，消失在眾人面前。

跟著睚眥闖天涯 LOVE
LOVE睚眥
I L♡U 睚♡
睚
睚眥
跟著睚

「發生什麼事了？為什麼龍型玉珮發出緊急訊號？」睚眥不耐煩的問。

「目前還不清楚，或許跟少爺您昨晚接下的任務有關。」回話的司機是螭吻最近派給兄弟們的機器管家，除了料理大家的生活起居，更負有保護與聯繫的責任。

「哈！別開玩笑了，上山抓魔獸那麼簡單的任務，怎麼可能和緊急訊號有關！」睚眥不以為然的說，完全忘了二哥螭吻「不要接任務」的叮嚀。

就在此時，對向車道忽然衝來一輛大貨車。

「嘰——」跑車緊急煞車，接著快速後退、轉換跑道，及時閃過衝撞過來的大貨車。

「怎麼開車的！啊！」另一輛貨車從後方追撞，巨大的衝擊力道將暱皆摔向擋風玻璃。

「少爺，來者不善。」司機按下方向盤旁的按鈕，跑車轉換成噴射引擎，瞬間飆飛數十公尺，將後方的貨車甩得老遠。

「回頭！我要看看是什麼人，竟敢挑釁我！」暱皆大吼。

「那些貨車都是無人駕駛，現在路上至少還有五輛對我們有敵意的貨車。少爺，跑車已經受損了，我們還是快點離開比較妥當。」司機又按下幾個按鈕。

「你在做什麼？」暱皆生氣的吼著。

「向雲端資訊室回報狀況，並請求支援。」

「不准回報、不准求援！我一個人就可以搞定！」睚眥憤怒的打開副駕駛座的儲物櫃，從裡面拉出一個把手，再將把手攤開成兩個握把。睚眥握住握把，戴上酷炫的全罩式安全帽，接著踢掉副駕駛座旁受損的車門。

「去開廂型車來接我，走！」睚眥對著司機大吼一聲，將握把一扭，跑車的車體瞬間裂成兩半，從向後拋飛的車殼中，出現兩架重型機車，一左一右往不同方向呼嘯而去。

風聲在耳邊狂嘯，睚眥往人煙稀少的山路飆去，他從照後鏡發現，有兩輛貨車正窮追不捨。

「有完沒完！」睚眥一甩尾，正面對向朝他而來的貨車。

貨車緊急煞車，和睚眥的重機在馬路上對峙。

風，不知何時停了，天空藍得發亮，一片雲也沒有。睚眥伸出左手，用龍族語說，「睚眥召喚，汝等聽令，棍來！」

路旁一根街燈倏忽自行折斷，飛進睚眥手中。睚眥將燈桿在手中轉了轉，大喝一聲，「精煉為棍！成形！」

空心的燈桿瞬間往裡收縮，頭尾兩端的燈蓋與底座自動脫落，變成一根精實合手的金屬棍棒。睚眥得意的笑了。「不錯，只比金箍棒差一點。走，我帶你顯威風去！」

睚眥一手催動油門，另一手揮舞棍棒，朝著與他對峙的貨車衝殺而去。

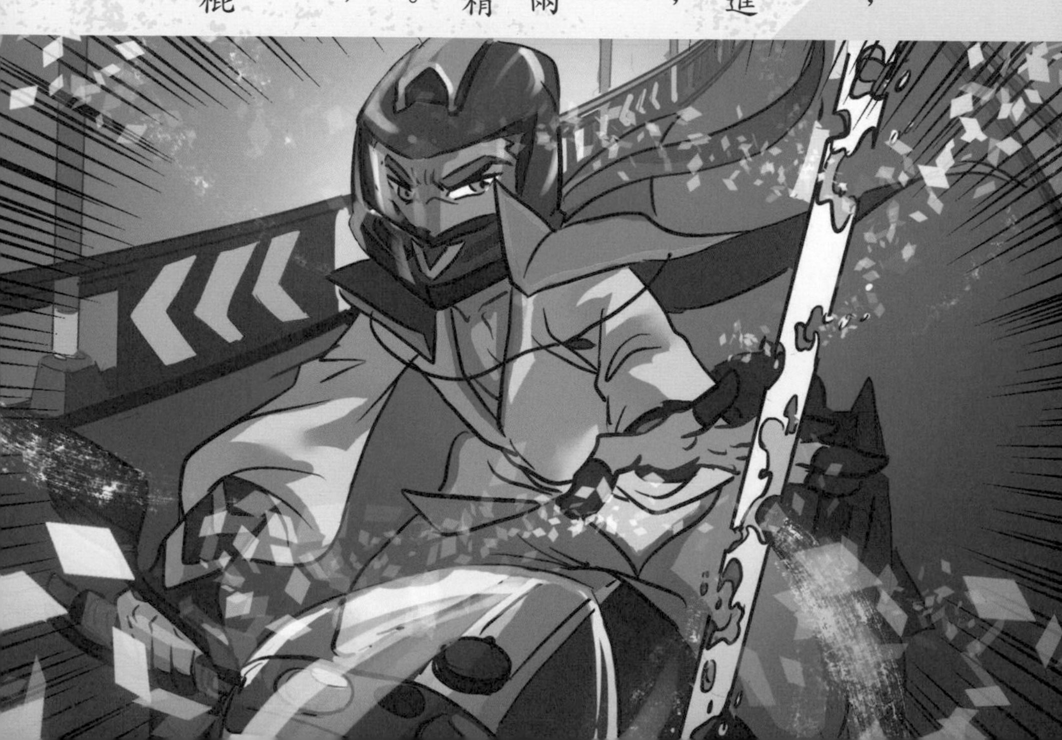

睚眥安安靜靜的坐在司機開來接他的廂型車內，一點都沒有剛才騎著重機，叱吒風雲、一棍挑翻兩輛貨車的氣勢。

二哥螭吻的頭像出現在車廂中央，睚眥一副乖巧的模樣，等二哥開口。

「其他兄弟都將身分隱藏得很好，唯有你，大剌剌的在媒體前曝光，什麼百年難得一見的武術奇才、耀眼的少年武打巨星，連名字都懶得改，每天在媒體上宣傳，怕全世界不知道你是龍王七子——睚眥？身分曝光也就罷了，竟然還敢無視上次聚會的決議，私自接任務。」螭吻說話的語氣平穩，卻讓睚眥

捏了一把冷汗，什麼話也不敢說，只是咧著嘴呵呵的笑著。

「……膽子也太大了，大馬路上，竟然這麼囂張。」螭吻若有所思的看著遠方。

「二哥，這個不要擔心，我可以請公司聲明，說是在拍新片……」一旁一直搭不上話的睚眥，這時趕緊提出解決方案。

「我不是說你，是說發假任務給你、意圖攻擊你的人。」螭吻看著睚眥，「你沒有受傷吧？」

「當然，我怎麼可能受傷。二哥，你知道這些人是誰？」

「知道。稍安勿躁，讓我先跟你說明一下龍王府的現況。首先，誤食白首紅線蟲的龍王爸爸已經甦醒，但是龍王爸爸的權杖——雲雨杖不見了，而且總管目前行蹤成謎。」

「總管？難不成是總管偷走雲雨杖？沒錯，我就知道他有問題！」睚眥像發現重大祕密般大叫。

螭吻朝他翻了個白眼，又嘆口氣，最後卻忍不住笑出來，「七弟，我們的敵人不是總管。」

「那敵人到底是誰？二哥你快把敵人揪出來，好讓我主動出擊，打他個落花流水。」

螭吻笑著點點頭：「是金翅大鵬族。」

「大鵬族！？不可能啊！鵬伯伯的兒子鵬萬里跟龍小妹很好，怎麼可能攻擊我們？」睚眥皺著眉，用指節不停敲打自己的頭。

「當然不是。鵬伯伯身為金翅大鵬國國王卻臥病不起，大鵬國目前正陷入分裂的混亂中。對我們出手的是大鵬國的老臣彭爺，他一向主張大鵬族優於龍族，對我們充滿敵意，希望大鵬族能恢復上古時期的榮耀。」螭吻邊說明，邊將彭爺的資料投影到睚眥面前。

「我們又沒妨礙他恢復大鵬族榮耀，這老頭為什麼要針對我們？我們既不是大臣也不是將軍，找我們麻煩做什麼？吃飽太閒嗎？」睚眥惡狠狠的將臉貼近彭爺的頭像，想記住這個壞老頭的長相。

「從我最近蒐集到的資料推測，他原先想在太白星君的仙丹宴上殺掉我們。沒想到當時我們闖禍，被除去龍神力，丟到凡間各地修煉。失去龍神力，他們便無法追蹤我們的位置，反而讓我們躲過一劫。」

「殺掉我們？為什麼？」睚眥努力回想自己有沒有和大鵬族的人打過架。

「自古以來，金翅大鵬族就是龍族的剋星，再厲害的龍族也無法對抗金翅大鵬族，就像老鼠無法打贏貓是一樣的道理，他們是龍族先天的剋星。」雖然螭吻語氣平穩，卻惹得睚眥火冒三丈，氣得又吼又叫。

螭吻看了睚眥一眼，笑著搖搖頭，「你能等我說完嗎？」

睚眥趕緊閉嘴，示意螭吻繼續說下去。

「雖然龍族怕金翅大鵬族，可凡事都有『例外』。我們九兄弟就是那個『例外』，唯『九』不怕金翅大鵬族的龍族。我們既是龍卻又不像龍的特質，長久以來都被認為是一種缺陷，如今竟成了最大的優勢。

「你先看看半小時前，由機器螞蟻傳回來的影片。」螭吻一眨眼，原本呈現螭吻影像的地方出現另一個畫面。

螢幕上是某個會議廳，由下往上的鏡頭裡看到大鵬族官員分坐兩旁，前方站著不同派系的領袖。

一個是滿頭白髮的老人，一雙充滿侵略性的眼盯著前方。另一位則是穿著軍服的中年將軍，一臉怒氣的瞪著老人。

「你們這群懦夫！我要振興大鵬族，你們憑什麼反對！」白髮老人指著將軍破口大罵。「近幾千年來，凡人只知敬畏龍族、讚揚龍族，早已忘了我們大鵬族。天下萬物都該知道，我們大鵬族才是最優秀的民族，我誓言要讓全世界臣服在大鵬族的腳下！」

「不要因為嫉妒，就忽略龍族的努力，將整個國家導向戰爭，這不是振興的道路而是毀滅。我們應該彼此尊重、相互友好，想要恢復大鵬族的榮耀，就該自己努力。」將軍中氣十足，義正詞嚴。

「中年人是刁將軍，對龍族主和。白髮老頭就是彭爺，對龍族主戰，十分不友善。」螭吻在一旁解釋。

「彼此尊重？相互友好？哼！那龍族綁架萬里王子的事，你如何

解釋？」彭爺咄咄逼人的指著刁將軍。

「胡說八道！」睚眥破口大罵：「誰綁架鵬萬里！」

「噓！聽下去。」

「萬里王子沒有被綁架！只是貪玩，出遊未歸。」刁將軍一張臉脹得通紅。

「哼！出遊未歸？大家聽聽這段錄音，再告訴我王子殿下是不是出遊未歸。」一位坐在彭爺身旁的人大聲斥喝，現場傳出一段錄音。

「鵬萬里，再讓我看到你，我睚眥就把你五花大綁，丟進深山餵野獸，讓你變成一隻光禿禿的小笨鳥……」

睚眥被這段錄音嚇傻了，沒錯，那是他的聲音……可是，他不記得自己說過這些話。

「我……」睚眥一臉無辜急著解釋，螭吻卻噓了一聲，要他別說話。

螢幕裡，彭爺毒蛇般的雙眼瞇了起來，「你掩蓋不了龍族對王子懷怨的事實。三日後，只要王子未現身，我便出兵！」

「五日！若五日後王子仍未歸來，我便隨你出兵龍族！」刁將軍一副想將彭爺生吞活剝的模樣。

「好，就五日，大鵬族的勇士們，五日後我們一起血洗龍族，救回王子！」彭爺頭也不回的離開會議室。

「這老頭瘋了！我沒有抓鵬萬里，我好久沒看到他……」睚眥的哀號被車外的劇烈爆炸聲掩蓋。

「轟！」

「快倒車！快！有飛彈接近，時空門開在後方，快退！」

螭吻失去慣有的鎮定，大聲催促著。

司機急速倒車，後方不遠處倏地出現一座時空門，只見兩枚小型飛彈從不同方向朝廂型車逼近。

「少爺，讓我去。」司機卸下自己的機械右腳，讓右腳踩住油門。接著撞破擋風玻璃，並在衝向飛彈前，用僅剩的左腳，將睚眥乘坐的廂型車踢進時空門。

透過緊縮的時空門縫隙，睚眥看到自己的豪宅和司機一瞬間就被炸得粉碎。

睚眥坐在沙發上不發一語，臉色冷得令人發寒。這裡是他剛到凡間時住的公寓。

螭吻確認他平安後，千叮嚀萬囑咐：「別以明星睚眥的模樣出現！在鵬萬里沒現身前，大鵬族會針對你進行攻擊。我會盡快發布任務，你再忍忍。」

電視螢幕裡，記者正以誇張的表情和語調報導有關巨星睚眥的新聞：

「少年武打巨星睚眥今天下午離開片場後，跑車遭到數輛貨車追撞，警方在現場並未發現有任何人員傷亡。一小時後，睚眥位於山腰上的高級住宅遭到飛彈攻擊，目前搜救人員並未從廢墟中找到任何罹難者。警方尚未查出是誰發動攻擊，但認為攻擊行動應該是針對睚眥，而睚眥本人目前下落不明……」

螢幕中，豪宅已成廢墟，封鎖線外擠滿了人群。有口沫橫飛的記者，有搜救人員、警察、消防隊員、湊熱鬧的群眾，和一群哭得聲嘶力竭的粉絲。

「睚眥，我們等你回來！」

睚眥嚇了一跳，對著鏡頭哭得滿臉鼻涕的男生，竟然是小學生涯自隔壁班的大惡霸林智凌。

一星期前，林智凌故意挑釁他，「你那麼弱，憑什麼叫涯自？」

「你不是美女，憑什麼叫林志玲？」涯自不甘示弱回擊。

「我們只是讀音一樣，字又不一樣。」林智凌氣得滿臉通紅。

「我跟你不同，我認識睚眥，你想怎麼樣？」

後來，兩人因為在走廊上互相推打，被主任叫去罰站。

睚眥終於知道林智凌為什麼老是找小學生涯自的麻煩，原來他是睚眥的忠實粉絲，難怪見不得別人叫「涯自」。

「看在你為我流了這麼多眼淚的分上，下次就不跟你計較了。」

睚眥食指一彈，化身為五年級的小學生「涯自」，跨上腳踏車，前往被炸毀的豪宅。

涯自到達時，天色已黑，進進出出的鑑識人員還在忙碌，外圍幾名警衛悠閒的站在封鎖線旁聊天，空氣中瀰漫著嗆鼻的火藥味。

「警衛叔叔，有新發現嗎？」涯自走向其中一位警衛。

「小弟弟你放心，你的偶像沒事，你晚點再來。粉絲團去吃飯了，聽說他們會回來守夜，我是不知道守夜有什麼用。看看這些蠟燭、鮮花、卡片，幾天後垃圾車一來，通通載走，什麼也沒留。你們這些孩子哦……」警衛指著堆滿門口的鮮花、卡片，滿臉不以為然。

「叔叔，這是心意，心意你懂吧！」涯自探頭往莊園裡面看，「哇！炸得這麼猛烈！這樣都沒把睚眥炸死，他的武功真是太厲害了。」

「傻孩子，明星哪會武功？那都是假的，是特效綠幕做出來的。」

「是真的！睚眥的武功宇宙超級無敵好！他是世界武術少年組的冠軍！」涯自故意氣呼呼的大叫，惹得警衛哈哈大笑。

探聽完消息後，涯自避開警衛的視線，繞過毀壞的屋舍，從一處殘破的圍牆鑽進去。

來到後院的泳池旁，這裡雖然沒有受到嚴重的破壞，但池面上漂滿黑色的灰燼，彷彿正對他訴說爆炸的慘烈。

涯自踏在水面上，腳尖輕點，如同蜻蜓點水般輕盈的來到設置於泳池中央的吧檯島嶼。

掀開吧檯的桌面，將龍型玉珮卡進凹槽，幾聲細微的「嘎嘎」聲後，池水自動分成兩邊，泳池中央則出現一道往下的階梯。

涯自往下走，階梯的盡頭是一間兵器收藏室。走進沒有燈光的收藏室，涯自看到一抹橘色光芒，不禁露出笑容，對著橘光招手，「過來！」

一把散發橘光的精緻匕首飛向涯自，小匕首一落地，立刻變成一位眨著圓滾滾大眼的小女孩。小女孩一臉疑惑的看著涯自，「主人？你『返老還童』了？」

「小呆瓜。」涯自彈了一下小女孩的額頭，「大家有沒有損傷？」

「當然沒有，這點破壞力，我們沒在怕。」小女孩抬起小下巴，那副驕傲的模樣，讓涯自忍不住笑了出來。

涯自露出讚許的笑容，「沒錯，我們誰也不怕。把所有的大傢伙、小傢伙帶上，我準備開戰了。」

「來來來，大家快進收納袋。我們要跟主人出去『大動干戈』、『以牙還牙』、『睚眥必報』了！」小女孩拉開背在身後的小束口袋，朝著牆上、架上的兵器們一聲吆喝，一、二十件兵器瞬間飛進小小的束口袋裡。

「主人，壞人在哪裡？小匕首要去教訓他！竟然敢把我們的房子弄成『斷垣殘壁』。」

「把你身上的光芒收起來，像個探照燈似的。」涯自又彈了小女孩的額頭一下，「還有，出去後別叫我主人，叫我小自哥，你是小比妹。」

「我兵器總管——小比妹，絕不會讓主人丟臉。只要壞人敢來，我們聯手，來一個打一個，來兩個打一雙，讓他們肉包子打狗——有去無回。」

涯自笑著翻了個白眼，「把衣服換一下吧！」

「那要穿什麼好呢？要什麼樣的服飾才能顯示出總管的氣派？晚禮服？還是鳳仙裝？我覺得鎧甲也不錯……」小比妹每說一種服飾，身上服飾便幻化成她口中的衣物。

最後，涯自牽著穿牛仔吊帶褲，嘟著嘴、一臉不開心的小比妹，走出密室。

小比妹原本是一把不起眼的小匕首，但在三百年前的一次意外中，睚眥不小心劃破自己的手，當龍血滲入匕首，匕首裡竟冒出這個小女孩。

在涯自身邊吱吱喳喳的小比妹，忽然停住腳步，她往燒焦的草叢看去，像發現什麼似的跑向草叢，在那裡東耙西挖，最後撿起一塊破碎金屬片，惡狠狠瞪著它，「主人，就是它，它把我們家炸成斷垣殘壁。」

「你問問，誰指使它的。」涯自童稚的臉龐露出不符合年紀的冷酷表情。

「主人，你自己問不是比我快嗎？你可是兵器之王吔！」小比妹一臉不解。

「廢話那麼多，叫你問就問，不然別跟我出來。」涯自不想讓小比妹知道，他的龍神力已經少得可憐，不能隨意使用。

小比妹吐吐舌頭，開始對著金屬碎片嘀嘀咕咕，「主人，這傢伙說，它們不是故意要毀掉我們的房子的，它們也是為人所迫……」

「說重點。」

「它說，它們本來是小村落的民生用具，鍋子、斧頭、縫針等。某天晚上卻莫名其妙被偷進一間實驗室，然後就被製成炮彈了。它們是比較小的兩枚，還有三枚比較大。」小比妹手放在金屬片上幫忙傳話。

「實驗室？」

「對，屠龍博士的實驗室。」

「哼！」一聽到屠龍博士，涯自狠狠的咬著牙，「此仇不報，我就不叫睚眥。」

「主人、主人，它說它也想報仇。它以前是一把小斧頭，它的主人對它很好，每天將它擦拭得很乾淨，晚上就在主人的床頭休息，那天……」小比妹還沒說完，眼淚已經嘩啦啦流了下來。

「好啦、好啦，別說了，我知道了。」涯自把手放在金屬片上，送出微弱的龍神力，金屬片瞬間變成一柄黑色小飛鏢。

「走，帶你報仇去！」

隔天一早，涯自牽著小比妹，背著書包走進校園。

「主人，這就是你修煉的學院嗎？跟我印象裡的學院差很多，有女生吔！」小比妹東張西望，興奮得不得了。

「嗯，時代不同了。」涯自伸手固定住小比妹東張西望的腦袋，嚴肅的告誡，「你現在是我妹妹涯比比，是個語文資優跳級生，今天來學校旁聽。我已經施了『信以為真』法術，別搞砸了。」小比妹認真點點頭，隨後又恢復天真爛漫的神情。

「哥哥，你看。」小比妹指著校門旁的大樹，一個低年級的孩子站在樹下，雙手舉得很高，不停的往上跳。

涯自順著孩子的手往上看，一頂小黃帽掛在樹枝上，隨著風搖搖晃晃。

「走了，沒什麼好看的。」涯自邊說邊抬起腳，從地上挑起一塊小石子，踢向掛著帽子的樹枝，只見樹枝一震，小黃帽便輕飄飄落了下來。

「哥哥是為善不欲人知的大英雄！」小比妹的讚美聲，讓涯自忽略了體內提升的一點點龍神力。

「涯自！」隔壁班的林智凌忽然跳出來，攔住涯自。

「讓開，我今天不想跟你打架。」涯自漫不經心的對擋在身前的林智凌擺擺手。

「別鬧，我有事想問你。」平日的死對頭今天竟好聲好氣的跟涯自說話。

「你不是說你跟大明星睚眥很熟嗎？我……我只是想知道他……他現在還好嗎？」

看著眼前人高馬大的小惡霸，竟然眼眶泛紅看著自己，涯自一時之間不知道該說什麼。

「大明星睚眥很好啊！你不用擔心。」小比妹大聲的幫涯自回答。

「你怎麼知道？」林智凌激動得雙眼幾乎快貼在小比妹臉上，彷彿她是最後一根救命稻草。

「我知道啊！我剛剛還跟睚眥哥哥一起吃早餐呢！大哥哥，你是他的粉絲對不對？」林智凌紅著臉不斷點頭。

「睚眥哥哥說：『我的武功這麼好，怎麼可能被打敗，只是為了配合警方，目前不方便出面罷了，你們要好好做好自己的事，等我回來。』」小比妹學睚眥說話的語氣，沒想到林智凌竟然又哭了。

「請你跟睚眥說：『跟著睚眥闖天涯』會永遠支持他，我也是……」林智凌抱著不知所措的小比妹嚎啕大哭。

這場詭異的鬧劇，直到林智凌被導師和學務主任合力拎回教室才結束。

沒想到因為這樣一鬧，小比妹竟在學校大受歡迎，一下課就被同學圍著問個不停。涯自卻只能被老師逼著補寫一整個星期的功課。「要是跟我一起上課的人是龍小妹就好了。等我完成任務，一定要帶她來凡間玩！」

「涯自，別發呆，快寫！再兩天就要放連假了，你功課沒補寫完，別想放假去玩！」老師的怒吼，讓涯自忍不住嘆了口氣，他當然不知道，龍小妹此時跟他一樣，也坐在雲端資訊室裡嘆著氣……

坐在雲端資訊室裡的〇九〇二，愁眉不展盯著從各地傳來的消息，腦子卻一片空白。

〇九〇二想不出到底是哪一步出了錯。幾天前，她接到好朋友鵬萬里從古城傳來的求救訊號，她無法離開龍王府，只好傳一封假訊息，命令總管去古城度假，她相信只要總管到了古城，一定有辦法解決。沒想到，總管和好友竟雙雙失聯。

剛才，她得知大鵬國準備向龍族宣戰，原因是他們的王子被龍族綁架。〇九〇二驚訝得說不出話，向她求救的鵬萬里，就是大鵬國的王子。難道她被設計了？她不相信！

她沒有辦法跟任何人討論這件事，大家為了對付大鵬國已經忙得暈頭轉向了，不能再給大家添麻煩。

「小霏，你臉色怎麼這麼差？」清炎吹著口哨走進雲端資訊室，看到臉色慘白的〇九〇二，心疼的說：「你別煩惱了，今天我來負責，你去休息。」

「清炎，要打仗了嗎？」〇九〇二發現自己喉嚨哽住了，她好想哭，感覺自己努力了這麼久，卻只是讓一切越來越糟。

她是龍族唯一的公主，大家寵愛的龍小妹——龍霏霏。如果當初，她沒有偷偷跟著哥哥們，去仙翁府開眼界，就不會被警覺性高的二哥螭吻發覺，哥哥們也不會為了追捕她，把仙翁府搞得天翻地覆，更不會因此被罰到凡間修煉。

為了彌補自己的過失，她混進雲端資訊室，為自己取代號為〇九〇二，暗中幫助哥哥們。眼看一切越來越順利，總管和好友卻突然失蹤，兩族之間的戰爭又一觸即發，一想到這裡，〇九〇二不禁熱淚盈眶。

「小霏別擔心，你那九個哥哥都不是省油的燈，要相信他們。」清炎擦掉〇九〇二眼角的淚珠，遞給她一塊草莓蛋糕，「來，吃吃甜點，放鬆一下。」

「清炎，剛剛二哥在找你。」

「啊？希望不是什麼大事。」清炎將草莓蛋糕留給〇九〇二，「等我回來，我們再一起想想要給瞠背少爺什麼任務。」

看著清炎離開的背影，〇九〇二趕緊走回控制臺，剛才她腦子裡忽然閃過一個兩全其美的好點子，於是立刻坐在資訊室裡喀噠喀噠敲著鍵盤，將瞠背的任務傳出去。

兩天前，鵬龍古城。

鵬龍古城是座謎樣的古城，由巨大紅玉石建造而成。沒有人知道這座城的由來與它的歷史，十幾年前才被一支登山探險隊意外發現，一時轟動世界，列入世界百大謎團之一。

大家總愛問：巨大的紅玉石如何被搬運到沒有產紅玉石的山城？誰造的古城？古城屬於哪個王朝？神祕的氛圍讓遊客更熱愛造訪這裡。

露天雅座裡，總管正悠哉欣賞遊客的身影，聽導遊口沫橫飛的訴說著古城的奇妙之處。

總管很清楚古城的來歷，這座古城已有近萬年的歷史，是當年龍族和大鵬族為了慶祝和平的來臨，共同選擇這塊毓秀之地，建立古城作為紀念。五百年前，決定對凡人開放此城，讓四周的迷霧防護漸漸褪去，但一直到十幾年前才被探險隊發現。

總管的「假期」今天就要結束了，但到目前為止，他還是沒查出究竟是誰、為了什麼

理由調他出龍宮。

「不是有人希望我離開龍宮，就是古城有人需要我的幫助。究竟是哪一種情況呢？」

「咚！」一個小東西掉進總管面前的茶杯，打斷他的思索，總管往杯裡看，一片七彩鱗片漂浮在茶水上。

「龍鱗！」總管放鬆的神經一下子緊繃了起來，他輕輕挑起鱗片，在光線下以不同角度觀看，接著默默將鱗片放進口袋。

「總管……叔叔……」微弱的聲音，從樹上傳來。

「別出聲，等著。」總管用餐巾紙擦嘴時，設下極微小的傳聲咒將訊息往樹上傳遞。

總管優雅的喝完茶後，起身緩步走回下榻的旅館。一進房間，總管悠閒的姿態頓時消失，他俐落的換一套衣服，打開窗戶，直接從窗戶跳上鄰近的大樹，踩著樹冠，朝露天雅座的方向，快步奔去。

總管在濃密的樹葉間，看到一個瘦長的身軀趴在樹幹上東張西望。

「萬里王子？」總管沒料到，向他求助的竟是大鵬國的王子——鵬萬里。

「王子殿下，究竟發生了什麼事？」

男孩看著總管，眼中早已盈滿淚水，卻強忍著沒有落下，「總管叔叔你終於來了。我以為我死定了……是小霏讓你來救我的，對嗎？」

「不，我是收到雲端資訊室〇九〇二傳的訊息才來此地度假的。難不成……〇九〇二的真實身分是小霏小姐？」總管睜大眼，難以置信的看著男孩。

這就說得通了！〇九〇二既聰明又能幹，總管一直很想和他聊聊，對方卻總是避不見面。他因此懷疑〇九〇二是敵方的間諜，度假指令則是陷阱，這才刻意前來調查；沒想到〇九〇二竟是小霏小姐。

「啊啊……糟糕了，我洩露小霏的身分，她會罵死我的！

啊啊啊……」男孩抓著頭髮又吼又叫，總管趕緊摀住他的嘴。

「小霏小姐既然派我來幫你，就不會怪你。先告訴我，你在躲誰？」總管從容不迫的語氣，讓鵬萬里冷靜了下來。

「我在躲彭懷派來的追兵。」鵬萬里的回答，讓總管大吃一驚。

「大鵬國老臣彭懷？」

鵬萬里點點頭激動的說：「彭懷瘋了，不停遊說我爸對龍族開戰，但我爸沒有開戰的意願。沒多久，我爸就毫無徵兆的病了，彭懷想抓我來威脅我爸。我爸要我從密道逃出皇宮，我四處躲避，想跟小霏聯絡……」

「咻！咻咻！」幾枚飛鏢射穿樹葉，將鵬萬里的袖子釘在樹幹上。

「走！」總管快速扯破鵬萬里的袖子，拉著他在樹冠間狂奔。總管的速度很快，但是追來的人也不慢，飛鏢和羽箭從四面八方射來。

「通通住手，我是萬里王子！」男孩的叫聲，反而讓攻擊更加猛烈。

一個轉身，總管護在男孩身前，替他施下變身防護咒。瞬間，兩人幻化成大小相依的樹枝，在樹幹上隨風搖擺。

「奇怪，我剛才明明看到……」第一個刺客，在總管身旁左顧右盼。

「龍族總管果真不簡單。」一群刺客跟上來。

「聽說總管的戰鬥力不行，不過幻術卻是一流。」

鵬萬里認出其中幾個刺客，是大鵬王宮裡的侍衛。

「彭爺下令，要我們宣稱看到殿下被龍族總管綁架。」刺客領袖壓低聲音，「我們負責殺了殿下和總管。等殿下一死，彭爺會立刻宣布殿下被龍族殺害，如此一來，就可以名正言順的對龍族開戰。」

聽到刺客的談話內容，鵬萬里全身顫抖，使勁的摀住嘴，深怕自己發出聲。

「走吧！龍族總管傍晚要回龍王府，我們已經查出時空門大致會出現的地點，在附近設下天羅地網，只要他們兩人一靠近……」十幾個刺客往總管下榻的旅館奔去。

「總管叔叔……」鵬萬里臉色發青、聲音顫抖。

「放心，我們先找個地方躲，只要我沒有按時回龍王府，相信小霏小姐會另做安排。」

總管露出令人安心的微笑，牽起男孩的手，「走吧！要保護好自己，才能阻止這場戰爭。」

「總管叔叔，我已經好幾天沒吃東西了。」鵬萬里可憐兮兮的看著總管。

「沒問題，帶你去吃頓豐盛的大餐。」

般紅晚霞中，一大一小的身影，從樹冠上輕輕落下，他們化成一對母女，走進熱鬧的市集裡。

連假第一天，涯自坐在飛往鵬龍古城的班機上。小比妹與奮的扭來扭去，一邊吸著果汁一邊嘰嘰喳喳說著，「小自哥，我從來沒有到過這麼高的地方，好酷哦！」、「小自哥，好棒哦！我們竟然可以坐頭等艙。」、「小自哥，我想喝蘋果汁，可以嗎？」

小比妹可愛的模樣，引來許多乘客和空服員的關注，大家都很喜歡這個睜大雙眼、大驚小怪，卻可愛極了的小女孩。

涯自專注讀著龍王呼裡的任務檔案，對小比妹興奮的驚嘆充耳不聞。

執行者：睚眥

地點：鵬龍古城。

任務：找到總管，護送他
安全回龍王府。

道具說明

1 睚眥劍：睚眥出生時，伴隨而生的小劍，會隨著睚眥能力增加而變長，鋒利無比、削鐵如泥，能依睚眥的意識行動。

2龍型手環：具防禦與攝影功能，能及時傳送行動影像回雲端資訊室。

3時空門開啟球：用龍族語設定目的地，砸碎後即可開啟時空門。

「找總管？這是什麼爛任務，雖然我沒剩下多少龍神力，可是，我這一身武功對付壞人綽綽有餘，不能給點刺激風光的任務嗎？」涯自越想越生氣，臉色越來越差，「竟然是去鵬龍古城……」

「小自哥，你怎麼了？肚子餓了嗎？你看，剛剛空服員阿姨給我零食吔！你要不要吃一點？」小比妹滿臉笑意的湊近涯自。

「你自己留著，我睡一會兒，別吃得太撐了。」涯自雙手抱胸、閉上雙眼，在飛機輕微的起伏中，進入夢鄉。

涯自發現自己正走在竹林裡，不遠處傳來歡樂的嘻笑聲。是熟悉的笑聲，他快步往笑聲處跑去。

一跑出竹林，就聽見有人大聲叫道：「師父、師娘，小涯來了！」

聽見魂牽夢縈的呼喚，涯自眼眶瞬間紅了。他知道自己在做夢，但他不願意醒來。這是三百年前的一座小莊園，小莊園的主人是位隱居高人，帶著收養的四個孤兒和妻子，過著自給自足的生活。他是涯自到人間冒險時的第一個師父，也是唯一的師父。

「臭小子，你怎麼這麼久沒

LOVE

來？你再不出現，師父就要帶著我們下山去找你了。」大師兄笑嘻嘻的走過來。

「哈！小涯，你別聽大師兄的話，找你是藉口，其實是去看他心愛的小蘭姐。」

「就是、就是。」師兄弟圍著涯自你一言我一語，笑聲迴盪在山谷中久久不停。

「小涯，你真有口福，師娘今天包餃子。」小師兄拉著他的手往莊園裡走。

銀髮飄逸的師父站在門口，笑容滿面的看著他。師父雖然身形清瘦，卻精神奕奕，聲如洪鐘，「小子，有好好練功嗎？真正高深的武術並非招式的熟練，而是鍛鍊每條肌肉、每個感官，更重要的是鍛鍊心性，一個優秀的武者……」

「別說教了，先讓孩子們好好吃一頓。」師娘笑盈盈的走到師父身旁，關愛的看著涯自，「小涯，這麼久沒來看師娘，你有沒有想師娘啊？」

「想！」

才一張口，涯自再也忍不住，淚水如潰堤般滑落。

「小自哥、小自哥。」小比妹拉扯涯自的手臂，將他喚出夢境。

「什麼事？飛機上別大呼小叫。」涯自假裝伸懶腰，趁機將臉上的淚水抹掉。

「你不是說飛機上不能帶武器嗎？為什麼有人帶著刀？」小比妹嘟著嘴喃喃說著。

「在哪裡？」涯自天生對兵器有特別靈敏的感應，也能與其溝通，但是身上龍神力實在太少，不敢隨意施展。倒是小比妹，本身就是匕首，又得到睚眥的神力，自然更容易感受到兵器的存在。

「坐在我們後面五排，靠走道的那個叔叔，鞋子底下有把短刀，用特殊的材質包裹著。跟他間隔一個座位的老人也有一把，放在口袋裡。」小比妹像親眼看到一般，說得鉅細靡遺。

涯自還在考慮要不要插手，腦海裡就出現小師兄的笑容：

「當大俠，就是要路見不平拔刀相助！」

「我知道啦！」涯自像趕蒼蠅似的，在空中揮了揮手，趕走小師兄的笑臉，往小比妹說的座位走去。

兩個神色詭異的男人十分醒目，他們之間坐著一位臉色慘白的少女。老人挽著少女，貌似祖孫，少女的頭卻低得不能再低了。

「大姐姐，你臉色好差，是不是不舒服？」涯自刻意忽視兩個男人，直接問少女。

可能是沒想到有人會注意到自己，少女驚恐的抬起頭，但當看到面前是個孩子，心中升起的一點希望隨即破滅。少女還沒來得及回答，身旁的年輕男人已經伸手推向涯自，「管什麼閒事，滾遠點！」

涯自身體微微一側，輕鬆避開年輕人的手，一把握住他的手腕，年輕人想把手抽回，卻怎麼用力拉也拉不回去。

「你欠揍！」年輕人惱羞成怒，對著涯自大聲吼叫，一下便引來其他乘客的關注。

幾個乘客從座位站了起來，對著年輕人大聲質問。

「你做什麼？」

「放開小孩！」

坐在內側的老人忽然拉著少女站起來，一臉歉意對大家笑著，「沒事、沒事。小弟弟你沒嚇到吧？飛機晃，快回位置坐好，別跑來跑去。」

兩個男人眼神交換後，年輕人臉上的神情就變了，一臉尷尬的說道：「小弟弟快回座位坐好，如果受傷就不好了。」

「哎呀！還以為發生什麼事，真是的。」

「嚇死人了，對小孩叫那麼大聲，真是沒修養。」

「這小孩也是，不乖乖坐好，家長怎麼管的……」起身的乘客陸續坐回自己的座位。

兩個推著餐車的空服員也過來勸說：「小弟弟，快回座位坐好，要吃午餐嘍！」

「難怪四哥常說脣舌似劍。」涯自露出玩味的眼神。

「空服員阿姨，我妹妹說，她看到這位先生拿著刀子，我不相信。她硬要我來看看，還要跟我打賭。」涯自指著站在椅子上招手的小比妹。

空服員和許多乘客看向小比妹，不約而同露出笑容，「原來是小妹妹，她應該是看到抹果醬的刀子吧……」

涯自不等空服員解釋完，暗中伸出食指，朝年輕人腳底輕輕一勾，原本壓在腳底下的短刀，瞬間刺穿年輕人的腳，大刺刺、直挺挺的插在空服員的髮髻上。

「啊啊啊！」尖叫聲和哀嚎聲同時從空服員和年輕男人的口中傳出，乘客們再度站起來觀望，幾個比較機警的男人衝了過來。

小比妹笑咪咪的叫著：「小自哥，我就說他有刀子吧！還有，那位老爺爺的口袋裡有一把更大的。」

機艙內頓時陷入一片混亂，大家七手八腳的將兩名歹徒制伏，救了被綁架的少女。

飛機抵達機場時，已有大批警察在現場等候。只是大家忙得都忘了這件事的開端，是因為兩個奇怪的孩子……

天際碧藍如洗，空氣卻冷冽的令人打顫，古城並沒有蕭瑟的氣息，反而顯得朝氣蓬勃，遊客如織。

穿著時髦、戴著酷炫墨鏡的涯自和小比妹，坐在五星級旅館的大廳內，喝著暖暖的迎賓熱飲。

「小自哥，我們不是應該去找總管嗎？」小比妹彈著自己嘟起的小嘴脣，「噗噗噗，我們這算『怠忽職守』嗎？」

「這是總管住的旅館，找他當然從這裡開始。」涯自不在乎小比妹的質疑，他心情好極了。在飛機上幫助那名少女，竟然讓他的龍神力恢復了五成。

「喏，你看，帶路的來了。」涯自朝大廳抬了抬下巴，一把泛著總管特有淺色光芒的拆信刀，正快速滑行穿過大廳。

「那是總管隨身攜帶的拆信刀，快跟上。」涯自拍拍小比妹的後腦。

小比妹也反手拍拍涯自的後腦，涯自忍不住翻了個白眼，「你比我還要『睚眥必報』，真幼稚！」

「誰叫你是我的主人，我當然要『上行下效』啊！」兩人一邊鬥嘴，一邊追著拆信刀來到一間客房前，拆信刀一溜煙從門縫底下滑進房內。

「小自哥，讓你看看我的厲害。」小比妹恢復成小匕首，也從門縫滑進房間。

「喀啦！」房門被打開，小比妹笑嘻嘻看著涯自，「歡迎光臨。」

拆信刀正從衣櫃裡勾出一個小袋子，涯自抓住拆信刀，拿起小袋子，「小比妹你問它，拿小袋子做什麼？」

「好！」小比妹對著拆信刀一陣嘰哩咕嚕，然後抬頭對涯自說：「拆信刀說你……你很凶。」

「誰要你跟它聊這種亂七八糟的事，問它總管在哪裡？」涯自狠狠一瞪，拆信刀抖得更厲害了。

「總管命令它回來拿小袋子，袋子裡面是什麼，它也不知道。」小比妹對著拆信刀點點頭，「嗯嗯，我知道你是把『忠心耿耿』的拆信刀。」

「走，帶路。」涯自將拆信刀交給小比妹。拆信刀將他們帶往古城裡唯一的一座遊樂園。

藍天不知何時消失，烏雲以攻城掠地之勢占據天際，寒風吹起一地彩紙，彩紙在空中翻飛，迎親的花轎在嗩吶聲中逐漸遠去，街道兩旁顯得喜氣的紅色緞帶，在風中蜷曲扭動。

這是一座以中國功夫為主題的遊樂園，裡面雖然有現代化的機械遊樂設施，但是各類建築、商店都以古城風格為主，工作人員身著古裝，提供各種聲稱古代的食物、用具、小玩意，也以古代生活喜慶、江湖戰場為主題進行表演。

「哇！好熱鬧。小自哥，這裡好像我以前住的城鎮。」小比妹開心得跟在花轎後面又跑又跳。

涯自看著迎親隊伍出神，三百年前，大師兄結婚那天也是這樣的場景……

「喂！喂！小自哥，你最近很愛發呆吔！」小比妹拉扯涯自的袖子，「賣畫糖的爺爺說睚眥要來這裡！」

「睚眥？」涯自看向小比妹身旁擺攤的老爺爺。

「下午要辦武術擂臺賽，聽說是大鵬族ＰＫ龍族，你知道咱們鵬龍古城，兩大代表就是大鵬族和龍族。」賣畫糖的老爺爺客氣的解說。

「那跟睚眥有什麼關係？」涯自看老爺爺忙著畫糖，又加了一句，「給我妹妹一隻小龍。」

「好的、好的。我聽說，電影公司覺得睚眥人紅是非多，所以才會被牽扯進攻擊事件裡，而且還下落不明。為了繼續拍

片，電影公司想以大鵬族和龍族對戰炒熱話題，順便在這裡選拔新的武打明星取代睚眥。」老爺爺一邊畫糖一邊說。

小比妹看著老爺爺手中的糖漿漸漸形成一條栩栩如生的小龍，臉上的笑容越來越大。

「咦？爺爺，這條小龍怎麼不像龍？」小比妹驚訝的問。

「呵呵呵，小妹妹好眼力哦！」老爺爺笑瞇了眼，滿臉皺紋的臉上，流露出一股驕傲，「這個龍身豺首的小龍就叫做睚眥，是龍王的第七個孩子。爺爺我住的小村莊就叫睚眥村，村裡最崇拜的是睚眥，跟大明星睚眥同名。睚眥是我們村莊的守護神，聽說我們的祖先是睚眥救下來的，村莊也是睚眥幫忙建造的。這可是要從三百年前說起……」

涯自看了老爺爺一眼，打斷他的話，問道：「你為什麼說大明星睚眥會來這裡？」

「你們小孩不懂，睚眥替電影公司賺了多少錢，現在生死未卜，電影公司卻在這個時刻想選拔新人取代睚眥。我要是睚眥，肯定嚥不下這口氣。睚眥的鐵粉，一大早從各地趕來這裡集合，氣呼呼的占位置、拉布條，扮成睚眥的模樣，捍衛他們的偶像，等會兒我們村子裡的人也會去抗議，誰叫他們這麼欺負人。」老爺爺將畫好的小龍交給小比妹。

老爺爺繼續說著，涯自不自覺的紅了眼眶，他從沒想過，竟有這麼多人喜歡他，擔憂他的安危，捍衛他的名聲，處處為他著想。他們明明這麼弱小，卻又這麼堅強的站在他前面，想為他擋掉一切困難。

小比妹還想跟老爺爺聊天，卻被涯自拉離畫糖攤，「小自哥，我們要去擂臺嗎？」

「嗯，我不會讓這些人為了我受傷。」涯自語氣堅定。

「好啊！讓我上擂臺幫你出氣。」小比妹摩拳擦掌、躍躍欲試。

「呵！我還需要你幫我？」

「咦？你別跑！」藏在小比妹口袋裡的拆信刀忽然發出淺色光芒，飛出口袋。

「搞什麼？算了算了，先找到總管，完成任務後再去打擂臺。」涯自追著拆信刀，小比妹追著涯自，一前一後往園區裡最受歡迎的冒險遊樂區跑去。

拆信刀又小又扁，在人群腳下滑行如入無人之境，涯自雖然緊追不放，但是要閃避來來往往的人群，備受阻礙。他們在最刺激的斷軌列車下方，失去了拆信刀的蹤跡。

四周充滿歡笑聲、尖叫聲，與器材運轉時發出的尖銳煞車聲，但就是沒有拆信刀的氣息和蹤跡。涯自釋放出龍神力，試圖搜索附近的武器，卻因為區內有太多鋼鐵，訊息受到干擾。

「小自哥，你的龍王呼響了。」

「喂……」一接起龍王呼，就聽見三哥蒲牢如轟天雷般的吼聲，「大明星！你耳聾了？還是手斷了？竟敢不接電話！」

「三哥，你可以小聲一點嗎？我本來沒聾，被你一喊已經聾一半了。」涯自沒好氣的應了回去。

「別廢話。快去接總管，他剛才聯絡雲端資訊室，說他在『地底探險船』。」蒲牢一焦急，嗓門就無法變小，「老七，小霏要我提醒你，那個變態的屠龍博士，正朝古城去。你要小心啊！那傢伙非常危險！」

「不要讓小霏蹚這種渾水，讓小霏乖乖待在龍王府，我會擺平一切。」一想到自己最疼愛的龍小妹，竟然捲入這麼危險的事件中，涯自心裡就莫名煩躁。

「好，我知道。要不要我過去幫你？你不知道那個噁心博士製造的怪物有多恐怖。不行，我不放心，你等等，我去找大哥一起過去幫你，你先躲起來……」

「不准來！」涯自還沒說完，龍王呼已經被蒲牢掛斷。

「哼！這是我的主場，誰都別想搶！」涯自勾著小比妹，「走，哥帶你去打怪！」

「吔！打怪！」小比妹高舉雙手歡呼。

「地底探險船」入口處排著長長的人龍，人龍彎彎折折好幾圈，看不到盡頭。

出口處有個小螢幕，不斷更新遊客在裡面遊玩的照片，讓下船的遊客可以選購。

照片裡的遊客面部表情十足，有的笑開懷、有的嚇得緊閉雙眼，也有些人想故作鎮定，反而更顯得驚恐。

「小自哥，你看，那個人是不是林智凌？」小比妹指著一張照片大叫。

涯自皺著眉，往前研究照片，果真看到嚇得嘴都歪了的林智凌，懷裡緊緊抱著「我愛睚眥」的LED燈牌。

「你們快看，怎麼會這樣！」一個年輕人指著螢幕大叫，引起其他人圍觀。

最新出現的照片上，幾個乘客滿臉驚恐，從舉起的雙手看來，彷彿正在抵擋來自空中的攻擊；下一張照片，一個趴在船緣的乘客，血從指尖滴落水中；最後一張照片，原本滿載的小船竟已空無一人。

圍過來看照片的人越來越多，卻靜得一點聲音也沒有，大家張大了嘴，一動也不動的盯著照片。

「出事了，別讓遊客進去！」幾個工作人員推開人群慌亂吼著，人群從驚嚇中回過神來，瞬間推擠奔跑亂成一團。

「走！」涯自拉著小比妹，往地上一蹬，以遊客的頭頂為

003

踏腳石，三兩步便跳上靠碼頭最近的小船。涯自在船側一拍，小船猶如脫韁野馬，朝伸手不見五指的暗黑隧道裡狂奔而去。

隧道裡漆黑一片，造型詭異的機器獸因為電源被切斷的緣故，有的停在半空中，有的半竄出水面，齜牙咧嘴的暫停著，模樣顯得有些可笑。

小船平穩的往前行，水流卻不再清澈，空氣中越來越濃的血腥味，讓涯自不禁回想起三百年前，那個令他永生難忘的一天。涯自沒有意識到自己正不停念著：「不准有傷亡、不准有傷亡……」

那天，是師父的七十大壽，涯自拿著一支千年人參，與高采烈的從總管偷偷為他開啟的時空門裡走出來。

時空門開在當時尚未被凡人發現的鵬龍古城裡，一走出時空門，涯自就聞到空氣中微弱的血腥味。

不知為什麼，涯自內心忐忑不安，越往師父的莊園走，血腥味越濃，涯自越走越快、越走越快，到最後他幾乎是拚了命朝莊園狂奔。

當他來到位於半山腰的莊園，出現在眼前的莊園已是滿目瘡痍，散落一地的菜餚，零落破碎的桌椅，地上的血跡和牆上的壽字一樣鮮紅。

涯自整個人都在顫抖，他想大聲呼叫卻發現喉頭哽住了，「師父……」

「小涯……他們……在竹林……」師嫂抱著孩子，滿身鮮血的從神桌下爬出來。

涯自沒時間管師嫂身上的傷，將龍神力彈進師嫂體內後，轉頭往竹林狂奔。

「冷靜，冷靜，冷靜！」涯自不停提醒自己。

熟悉的竹林裡倒臥著一具具軀體，那些都是他熟悉的人，如今卻沒了生命跡象。

「不准有傷亡、不准有傷亡，不准再有傷亡……」涯自阻止自己停下腳步查看地上的人，繼續往打鬥聲的方向衝去，卻無法阻止不停落下的淚水。躺在竹林裡的是師父的朋友們，是對他視如己出的師娘，是與他情同手足的大師兄與二師兄。

竹林深處，全身是血的小師兄正和一隻像牛的怪獸打鬥，三師兄跪在一旁，掙扎著不想倒下，師父則緊閉雙眼，盤坐在一棵大樹底下。看到這樣的場景，涯自再也忍不住，發出滔天怒吼：「啊——」

隧道前方傳來尖叫聲，把涯自拉回現實，他揚手一揮，變成少年明星睚眥，昂首站在船頭。

前方有個遊客正被一隻巨鳥銜在嘴裡，整個人如同布偶般被甩來甩去。

「這些人類是實驗材料，別玩壞了，屠龍博士對人類很有興趣。」一道妖嬈的聲音從暗處傳來。

「這裡這麼多人類，死一兩個，屠龍博士不會發現的。我們被派到這個隧道裡，實在太無聊了，好想和夥伴們在外面大開殺戒啊！」巨鳥瞇了瞇眼，準備用力咬破那個人的腦袋。

「啊……」睚眥怒髮衝冠，由炮彈碎片變成的黑色小飛鏢原本待在他口袋裡，突然化成一道銀光衝出袋口，瞬間射入巨鳥右眼，再從巨鳥左眼飛出。

巨鳥眼珠垂掛在兩邊，眼眶裡冒出火光，嘴巴一開一合，沒幾下，便直挺挺的往後一倒，原本被牠叼在嘴裡的人則掉進水裡。

睚眥手劃劍指，朝著水面一挑，一道劍氣將落水者帶出水面，掉入另一艘小船裡。

小飛鏢回到睚眥面前，像隻爭寵的小狗般東搖西擺，如果它有尾巴，肯定搖個不停。

「做得好，下水去洗乾淨。」聽到睚眥的讚賞，小飛鏢衝進水裡，在水裡跳進跳出，開心的像隻小海豚。

「誰？竟敢破壞屠龍博士的傑作！」暗處傳出妖嬈嗓音。

「是你爺爺！」睚眥一提氣，縱身向前一躍，以探險小船當墊腳石，往聲音傳來處奔去。

睚眥停在其中一艘小船上，這艘船裡趴伏著一小群遊客，大部分遊客都受了或大或小的傷。遊客們看到睚眥時，眼中同時迸出驚喜的光芒，林智凌在人群中一邊興奮的指著手中「我愛睚眥」的牌子，一邊不停對他眨眼睛。

這一船遊客全是睚眥的粉絲，要去擂臺聲援前，先來玩一下，沒想到會在這裡遇到他們的大偶像。

「睚眥，他們都是怪物，剛剛有個叔叔被抓走了，你要小心……」女孩想把睚眥拉進船內，手卻抖得如秋風中的枯葉。

「不用擔心，你們互相抱緊，我送你們出去。」

「出去？落到我手上，你們一個都別想出去。」暗處走出一隻開滿屏的巨大孔雀，瞇著如毒蛇的雙眼，露出不懷好意的微笑，嗓音妖嬈，充滿濃濃的惡意。

我 LOVE
匪首
LOVE

「醜孔雀，你對著我屁股開花是什麼意思？」睚眥一臉輕蔑的指向孔雀。

「哈哈哈，屁股開花，睚眥哥，你太不文雅了。應該說：『臭孔雀，醜鳥作怪、東施效顰、尖嘴猴腮、慘不忍睹、獐頭鼠目……』」小比妹恨不得把腦海裡罵人的成語全說一遍。

「小比妹、小比妹，看這裡，是我，是我啊！」林智凌看到小比妹，開心得大叫。

看到林智凌，小比妹眼睛一亮，雙手在胸前比出波浪狀，稚嫩的聲音響徹整個隧道：「睚眥如風，我們追風。」

林智凌興奮得站了起來，跟著小比妹，一邊做動作一邊大喊：「瞇眥巨星，我們追星。」

接著，兩人動作一致，「我們是，跟著瞇眥闖天下的追星二人組！」

看著兩個像呆子一樣的粉絲，瞇眥難得臉紅，無奈的揮了揮手，「我知道、我知道了！你快蹲好，別站起來。」

「小比妹，你跟他們出去，記得先把受傷的人送去醫院，別拖延。」瞇眥指揮遊客往船中央擠，不理會朝著他不停抖動尾翼的孔雀。

孔雀無法忍受被忽視，大喝一聲，尾部扇面一震，一枝色澤斑斕的尾羽，像離弦的羽箭，急速射向瞇眥。

羽箭來得又快又猛，瞇眥輕鬆側身，往空中一抓，羽箭已經穩穩握在手中。

「軟弱無力。」話才說完，另一枝羽箭已經來到眼前。

情急之下，林智凌伸手推開睚眥，沒想到反而被箭鏃擦過手臂，鮮血立刻冒了出來。

「你做什麼……」睚眥看到林智凌儘管痛苦，臉上卻仍努力露出微笑，便什麼責難的話都說不出口，「痛嗎？」

「一點也不痛！比起這點小事……睚眥，你沒受傷吧？」林

智凌自己痛得額頭冒汗，卻還是擔心著睚眥。

面對林智凌的善意，睚眥不知該如何回應，只好笨拙的拍拍林智凌的肩，表示感謝。

「哇！被睚眥關心了，真好！」其他粉絲竟然一臉羨慕。

「傻瓜！別說了。」睚眥嘆氣，「扶好，準備出發！」

「想走？作夢！」孔雀的羽屏一抖，羽毛上貌似眼珠的圖案變成一個個飛盤，飛盤邊緣充滿銳利的鋸齒，朝小船射去。

「劍來！」一道光芒從小比妹的束口袋裡飛出，睚眥俐落的一把接下光芒萬丈的睚眥劍。

睚眥跳上前方一艘無人的小船，擋在遊客和孔雀中間，宛如一張牢不可破的防護網，將靠近的飛盤全數砍成兩半，劍身與飛盤碰撞出的火花、刺耳的金屬撞擊聲充斥在整個隧道中。

「醜孔雀，你攻擊力這麼弱，哪來的自信可以阻止我？」每砍掉一個小飛盤，睚眥體內的龍神力就增加一些。

「睚眥棒、睚眥帥、睚眥最厲害！」粉絲們在林智凌的帶動下，又叫又跳，似乎忘了剛才的恐懼。

「睚眥哥，快送我們出去，他們簡直瘋了。」小比妹對著粉絲們翻了個白眼，順便用小匕首，擊落幾個靠近她的飛盤。

「好，抓牢了！」睚眥將劍往水裡一挑，小船如同遇到巨浪的衝浪板，隨著劍身揚起的大浪，朝出口方向衝去。

「別在這裡礙手礙腳，我要大顯身手了，晚一點發影片給大家看。」粉絲們聽到睚眥要大顯身手，忍不住爆出更大的喝采聲。

面對囂張的睚眥，孔雀臉色鐵青，將尾羽張得更大，不斷晃動鮮豔的翎毛。剩下的飛盤飛回翎毛，又成為一顆顆眼珠圖案，接著眼珠開始旋轉。孔雀用充滿魅惑的聲音，低聲反覆的呢喃某種咒語。

「閉上你的鳥嘴！你的咒語對我沒用。」睚眥不屑的朝孔雀看了一眼。

沒想到就一眼，他的目光便無法離開那片燦爛繽紛的眼珠屏風，看了還想再看。不僅想看，還想觸摸它、擁抱它。意識被一點一點吸進一圈又一圈的漩渦裡，整個人又昏沉又陶醉，好想一步步靠近……

「啊！」手套下的龍型手環發出電擊，讓睚眥一秒清醒過來。睜眼的瞬間，孔雀爪上拿著利刃正朝他砍來，他來不及退後，手腕上被劃過一刀，小血珠滲了出來。

黑色小飛鏢正拚了命將孔雀的攻擊擋下，小小的飛鏢已經傷痕累累，卻依舊擋在睚眥面前奮戰。

睚眥怒火高漲，提起睚眥劍一揮，劍氣將孔雀向後掃翻，孔雀的羽毛七零八落，十分狼狽，「別以為只有你會開屏，我睚眥也會！」

「小飛鏢，來！」飛鏢乖巧的停在睚眥面前。

「剛才表現得很好，我正式收編你為睚眥兵器。」睚眥將傷口上的小血珠彈進小飛鏢體內，用龍族語念：「睚眥兵器，無人能敵，縱橫天地，所向披靡！」

龍語一落，原本灰灰黑黑的小飛鏢，閃出一道橘光，小身軀上出現一條飛龍圖騰，小飛鏢激動得不斷顫動。

睚眥下令：「小飛鏢聽令，化萬千分身，如扇又如屏，在身後待命。」

瞬間，睚眥身後展開一張由千萬枝飛鏢組成的屏幕，光芒四射，將原本漆黑的隧道照得通亮，「如何？我開的屏是不是比你大？比你美？」

孔雀雙眼通紅，惡狠狠叫道：「沒有人比我美！」

「哈！就比你美！我無敵美！我超級美！我宇宙無敵超級美！」睚眥挑起眉，裝模作樣，氣得孔雀全身顫抖。

睚眥對著身後的小飛鏢一揮手，小飛鏢們如同被捅破蜂巢的蜜蜂，鋪天蓋地的朝著孔雀撲去。

飛鏢大軍將孔雀籠罩其中，尖叫與怒吼不停從中傳出。不一會兒，眼前出現一隻羽毛凌亂、東禿一塊西禿一塊，氣得暈過去的大雞。

懶得理會暈死過去的生化孔雀，睚眥縱身一飛，來到倒在地上的機器巨鳥旁，抬起腳往巨鳥的肚子用力踢了兩腳，「總管，還不出來？難道要我用大花轎抬你出來嗎？」

巨鳥的肚子裡傳出悶悶的聲音，「七少爺，我打不開這銅牆鐵壁，還是勞煩你了。」

睚眥笑著搖搖頭，往後退了幾步，手中利劍一揮，一道凌厲的劍氣掃過巨鳥的肚皮。鋼鐵肚皮立刻裂出一條裂縫，縫裡露出總管崇拜的眼神，「七少爺，你武功進步神速，真是令我驚喜。」

睚眥把總管從機器巨鳥的肚子裡拉出來，看著狼狽不堪的總管，忍不住笑了出來，「總管叔叔，你怎麼把自己弄成這副德行？」

總管滿臉尷尬，袖子往上方一甩，當袖子落下時，總管已恢復以往斯文帥氣的模樣。

「我們一路被殺手追殺，好不容易能躲進這放鬆一下。小船盪呀盪，我忍不住閉目養神，結果，就被吞進肚子裡了。」

「呵，你還真能處變不驚。對了，鵬萬里人呢？」

「七少爺，你也知道，打鬥我實在不行，我最厲害的就是變身幻術，只好不停改變身分。但是兩個人同行，還是容易被識破，只能分開行動。呵呵，實在令人汗顏。」總管說起驚心動魄的逃亡過程，依舊面不改色，好像只是在閒話家常。

「總管，你快回龍王府吧！幫大哥、二哥和大鵬國交涉，順便洗清綁架鵬萬里的嫌疑。」

「萬里王子他……」

「你放心，我保證讓鵬萬里安全回到他爸身邊，你快回去吧！」睚眥拍著胸脯保證。

「我還是等你找到萬里……」

「龍王府大廳！」睚眥不讓總管說下去，拿出時空門開啟球，用龍族語念出目的地，朝牆面一扔，時空門立刻出現在隧道壁面上，「你快回去吧！」

「七少爺，萬里王子現在穿著水綠色的小短裙，綁著兩條小辮子，破解他身上的幻術，要喊『霏霏小可愛』，等他回話你就……」總管還沒說完，就被不耐煩的睚眥推進時空門。

當總管的身影消失在時空門中，睚眥的龍神力急速飆升，「哈哈哈，大爺睚眥我回來了！」

睚眥大搖大擺的走出隧道。

睚眥站在樹上，抬頭看著城牆上戴著鳥型頭盔的衛兵。他摘下數片樹葉，將樹葉當成暗器，射向城垛上的衛兵，幾聲悶哼後，衛兵一一倒下。

此時，一陣強風吹過，睚眥順著風勢，藉著樹枝的彈性，越攀越高。站在高處往下看。寂靜的遊樂園，宛如一頭沉睡的巨獸。

睚眥從隧道出來後，發現一切都不對勁了。下午三點，應該充滿歡樂聲的遊樂園，卻靜得如同無人之境。烏雲黑壓壓的籠罩著整個古城，配著幾處遊樂器材播放的音樂，遊樂場竟充

滿詭異恐怖的氛圍。

睚眥以特殊感應，發現小比妹的蹤跡後，便從樹上一躍而下，往商店街奔去。

商店街空無一人，只有七彩紙片和彩帶依舊翻飛，睚眥側身閃進一間中藥鋪。

這間中藥鋪並不是真的在賣中藥，而是販賣號稱含中藥的涼茶、喉糖等伴手禮的店面。

一進店鋪，一個小身影擋在睚眥面前，霸氣十足的叫道：

「來者何人？」

睚眥彈了彈小身影的額頭，「氣勢不錯，實力太差，回去後需要特訓。」

「唉唷！好痛。」小比妹一邊摸著額頭，一邊笑咪咪的看著睚眥，「睚眥哥，你真是面如冠玉、玉樹臨風、風度翩翩、翩翩……偏偏……偏偏就是你最帥！」

「小狗腿，現在什麼情況？為什麼在這裡鬼混？」睚眥看著臉色紅潤，雙頰飽滿的小比妹，忍不住捏了捏她的臉頰。

「睚眥！」林智凌從櫃檯後面衝了出來。

「出來，快出來！睚眥來了！我們可以出去了。」林智凌一招呼，中藥櫃後面走出二、三十個遊客。

「睚眥吔！真的是睚眥。」

「我好喜歡看你的片子，真的，每一部都看好幾十遍。」幾個青少年興奮得嘰嘰喳喳說個沒完。

「他們在這裡做什麼？你怎麼沒送他們出去？」睚眥皺起眉頭。

「出不去啊！」小比妹解釋，他們一出「地底探險船」立刻往遊樂園外跑，誰知道遊樂園外圍彷彿罩了一道隱形的牆，怎麼都出不去。

睚眥眉頭皺得更緊了，「出不去？難道是設了結界？」雖然睚眥這麼想，卻告訴大家：「他們一定是利用某種力場阻止大家出去。」

「他們是誰？為什麼要阻止我們出去？」小比妹大眼睛一眨一眨的看著睚眥。

「他們是誰不重要，想做什麼也不重要，我們現在去把他們找出來，然後痛打一頓！」睚眥拉著小比妹往外走。

「等一下、等一下，你跑了，我們怎麼辦？」一個年紀比較大的遊客緊張的拉住小比妹。

「放心，睚眥不會不管我們的。還有，你對睚眥口氣好一點，什麼叫你跑了。」林智凌和一群粉絲氣憤的看著質疑睚眥的遊客。

「外面太危險，我先去打壞人，再來帶你們出去。」睚眥一臉不耐煩。

「那我怎麼知道你們不會自己跑掉？」那位遊客依舊不放手。

「你說什麼話，睚眥又不欠你，你是大人吔！怎麼不是你出去打壞人，還一直質疑睚眥。外面需要幫助的人那麼多，你跟我們這群小孩躲在這裡，有沒有羞恥心啊！」

另一位粉絲氣得滿臉通紅的指責那位遊客。

「對啊！對啊！要不是怕拖累睚眥，我也想跟著出去救人呢！」林智凌加入戰局。

看著大家你一言我一語的吵個不停，睚眥忽然舉起手來，「停！別吵了。」

睚眥一臉自信的向大家宣布：「你們過來，我想到好辦法了。」

睚眥讓小比妹將中藥鋪裡的喉糖蒐集起來，並在裡面偷偷輸入微量龍神力。

「這些喉糖是我和生技公司一起研發的新產品，可以提升身體機能和運動能力，只要把糖含在嘴裡，就能提升體能三倍以上。」睚眥隨口亂編一套理由。

林智凌迫不及待將喉糖放進嘴裡，接著在原地一跳，沒想到頭竟然撞到了屋頂。

「哇！這麼厲害。快給我一顆！」

「我也要！」

「給我一顆，不，我要兩顆！」

大家又驚又喜，爭先恐後搶吃喉糖。

睚眥清清嗓子，「大家別急先聽我說，

你們帶著喉糖，跟著小比妹去找其他人。遇到戴鳥型頭盔的人時，能躲就躲，不能躲就含顆喉糖先逃再說。兩個小時後，在這裡集合，我送大家出去。」

「那你呢？不跟我們一起嗎？」一個女孩充滿期待的看著睚眥。

「你們跟不上我的速度，我先去遠一點的地方救人。小比妹，他們交給你了。開始行動！」睚眥說完，單腳一蹬，地面揚起一陣塵土，等塵土落下，他早已不見蹤跡。

「這就是輕功嗎？太厲害了！」林智凌眼中閃閃發光，轉身看向其他一樣振奮的粉絲，一群人小聲又興奮的喊著：「睚眥如風，我們追風；睚眥巨星，我們追星；睚眥棒、睚眥棒、睚眥棒棒棒！」

睚眥發現來到鵬龍古城後，他對師父和師兄們的記憶越來越清晰，這不是沒有理由，因為當年師父居住的小莊園，就在半山腰的竹林裡。

睚眥甩掉多餘的想法，抬頭看著天空，雲壓得更低了，風也冷得令人打顫，他喃喃自語：「好像要下雪了，真奇怪。」

「啊！」尖叫聲把睚眥的視線從空中拉回，不遠處有一列雲霄飛車正遭受攻擊，其中一截車廂懸掛在半空中搖搖晃晃，另一半也搖搖欲墜。

一隻暴龍般巨大的鴕鳥，不停衝撞軌道，想讓乘客和列車墜落。乘客們互相扶持，趴在軌道上，緊緊抱住軌道。幾個年輕人，不顧自身安危，在晃動的軌道上緩慢移動，將吊掛在半空中的乘客一個個往上拉。

睚眥飛步向前，抽出睚眥劍，頓時光芒萬丈，鴕鳥才剛回頭，劍已歸鞘，光芒一閃即逝，讓人以為是自己花了眼。仔細一看，鴕鳥的長腿已被砍斷。沒腳掌的鴕鳥倒在地上掙扎，斷裂的部分露出幾根電線冒著火花。

「睚眥，是睚眥！」

「睚眥來救我們了！」幾個趴在軌道上的孩子彷彿看到救星，大聲歡呼。

睚眥踩在鴕鳥身上，腳下一蹬躍上軌道，伸手向上一攀，如同體操選手向上一挺，接著一個翻身，乾淨俐落來到遊客所在的軌道上。

救人的兩個年輕人，向睚眥抱拳行禮，「睚眥，謝謝你。但是，要讓這些人從軌道上走下去有點困難，不知道你有沒有其他辦法？」

「你們負責帶他們下去，我還要去找其他人。」睚眥遞給男子一人一顆喉糖，「含著糖，讓他們坐在車廂裡，你們再將列車推到出口。下去後，帶大家去商店街的中藥鋪等待，我會去帶你們出去。還有，遇到戴鳥型頭盔的人記得躲一下。」

「車廂太重，我們可能……」其中一人為難的看著睚眥。

「你們可以。」睚眥往列車走去，睚眥劍再次出鞘，列車間互相連結的鐵鍊，如同豆腐般輕鬆被砍斷。吊在空中的列車瞬間掉落，摔成一地廢鐵。

睚眥指揮所有遊客坐進軌道上的車廂，對拿到喉糖的男子說：「交給你們了。」

「我們……」兩人對看了一眼，彼此搖搖頭，「如果你可以幫……」

「喉糖含著快推，哪裡來那麼多廢話，我還要去救其他遊客。」睚眥不耐煩的說著：「快推！」

「這……這……」男子無可奈何的伸手推車廂，沒想到輕

輕鬆鬆就推動了列車，他們驚訝的看著睚眥，睚眥卻沒有理會他們，對著列車上的遊客大聲問道：「誰知道哪裡還有遊客？」

「有大蝙蝠到處抓人，抓了人就往西邊飛。我妹妹差點被抓走。」一個女孩大聲回答。

睚眥朝女孩一點頭，從軌道上縱身一跳，落地前如同輕巧的燕子急速轉向，朝西方奔去。

睚眥一路狂奔，路上沒有遇到其他遊客和士兵，空中卻不時傳來呼救聲，大蝙蝠抓著落單的遊客往西邊樹林飛。睚眥不想打草驚蛇，因此沒有馬上出手救人。

最終，睚眥來到一片落葉與枯草交雜的老樹林，林裡一片荒蕪，一點聲音也沒有，樹林深處，有座圍牆高聳的莊園。

睚眥如同一道晚風，悄然無聲的越過樹林、躍上圍牆。他手握睚眥劍，劍柄上有條相貌凶惡的龍，龍雙眼微開，睥睨著一切。睚眥循著細微的嗚咽啜泣聲往莊園深處前進。

來到中庭天井，天井兩旁擺著兩個大鐵籠，被抓來的男女正蜷縮在其中。鐵籠外各種長相詭異的怪物，不停騷擾鐵籠內的人，卻又沒有真正傷害他們。詭異的是，天井中央放著一坨有眼睛和嘴巴的粉紅色「大果凍」。

「不要看他們，不要怕，他們只是想讓我們害怕而已。」一個男孩不停喊著：「他們利用我們的恐懼來製造怪物，我們越不怕，製造出來的怪物就越弱。」

男孩喊話的同時，睚眥看向大果凍，大果凍的口中果真吐出一隻瘦巴巴的蝙蝠，還沒落地就化成一道黑煙消失了。

睚眥滿意的點點頭，「這孩子觀察力真不錯。」

這時候，一隻像鬣狗的怪物走到鐵籠邊，伸出爪子勾住其中一個女孩的頭髮，女孩緊閉著眼睛，將臉埋在兩膝之間。當爪子觸碰到她時，她還是怕得全身顫抖，忍不住放聲尖叫。

女孩一尖叫，大果凍的顏色立刻變深，一陣抖動後，吐出一隻有著巨嘴的詭異怪物。

「對不起……」尖叫的女生一抬頭，看到因為自己尖叫而產生的怪物，眼淚掉了下來。

「別怕！我來救你們了。」睚眥在屋簷上，擺出巨星的架式高調出場，吸引所有人的注意。

數十枝箭從怪物們的嘴裡射向睚眥，「咚咚咚！」箭勢雖然強勁，速度卻跟不上睚眥的腳步，紛紛釘在屋瓦上。

睚眥手中舞著睚眥劍，將鐵籠上的大鎖砍飛，「會武功的出列！」

大家還一頭霧水，已經有兩男一女站了出來。

「張嘴！」睚眥將含有微量龍神力的喉糖彈進他們嘴裡，

「含著。保護其他人，去商店街中藥鋪集合！」

才交代完畢，一枚炮彈便從對面閣樓裡射出，睚眥長劍一揮，將炮彈砍成兩半，沒想到斷裂後的炮彈依舊爆開，將睚眥震飛。

睚眥從殘垣斷壁中站起來，甩掉暈眩，嘴角卻流出血來。

「啐！」睚眥吐了一口和著血的口水，以狂妄不羈的口吻對著閣樓方向說道：「你們可是忘了，我乃『睚眥必報』本尊，睚眥劍，去！」

睚眥將劍朝閣樓射去，只見一道橘色閃電在風馳電掣間，便將閣樓從中腰斬，接著一聲爆炸，閣樓在眾目睽睽下化為灰燼、不復存在。

從鐵籠逃出的遊客、準備發動攻擊的怪物、趴在地上的大

果凍，看到這一幕，全張大了嘴，忘了自己該做什麼

「唉！麻煩，大驚小怪。」睚眥朝天空丟出一顆圓球，圓球越變越大、越升越高，最後如月亮般掛在天際，散發出柔和的光芒，當光芒灑落大地，人們臉上驚訝的表情漸漸消失，換成一副理所當然的樣

子，「還是二哥想的周到，做出這個『夢境光球』，能讓人類以為自己在做夢，事後什麼也不記得，這麼好用的東西，下次一定跟二哥多要幾顆來玩玩。」

「小飛鏢，護送這些人出去，快走！」睚眥接住回到手中的睚眥劍，轉身一揮，劍氣所到之處，怪物皆消融癱軟，化成一坨軟趴趴的果凍水。

小飛鏢化身成百千枝飛鏢，在前方為遊客開路，遊客們緊緊跟在飛鏢後面，斷後的是含著喉糖的少年少女。

「霏霏小可愛！」睚眥對著每個離開的女孩叫道。

女孩們要不是一臉不解看著睚眥，就是低下頭羞紅了臉。

看到大家的反應，睚眥只能尷尬的抓抓頭，笑著說：「呵呵呵呵……沒事沒事，你們快跟著小飛鏢走。」

睚眥正苦惱該怎麼找到鵬萬里時，就聽見一聲怒吼，從後院傳來，「睚眥！」

一名大鵬國軍官衝了出來，軍官身後跟著一群女孩，女孩身後則圍繞著一群士兵。女孩們一看到睚眥便興奮的尖叫著，一點也不像被大鵬國軍官挾持的人質。

「沒錯，正是本人。」睚眥朝女孩們彎腰，行了一個紳士禮，又換來一陣女孩激動的尖叫。

「睚眥，快把萬里王子交出來！」軍官氣得指著睚眥破口大罵：「不然，你就別想再見你的這群粉絲。」

「哈，粉絲？我只知道粉條、粉角、粉圓，粉絲是什麼？那能吃嗎？」看著睚眥不羈的模樣，粉絲不僅不失望，還開心的抱在一起，「好帥！好酷！」的叫個不停。

「睚眥哥，他們不是壞人，是他們把我們從中庭那些怪物手中救出來的，你別在意他的話。」說話的小女生紅著臉，臉上滿是難抑的興奮。

睚眥發現粉絲中，有位女孩特別鎮定，除了面無表情外，還動不

動就翻白眼，看到他的表現，睚眥忍不住哈哈大笑。

「笑什麼！」軍官的臉氣得通紅，握拳的手微微顫抖，似乎正在壓抑對睚眥武力相向的衝動。

「我笑你瞎了鳥眼！明明你家鵬萬里就在眼前，還跟我要人！」

「什麼意思？萬里王子在哪裡？」軍官緊張的左右張望，卻什麼也沒發現。

「睚眥，你竟然敢來，呵呵呵，果真無知的人最大膽。」一隻怪異的巨大蜘蛛，從屋頂上爬了下來，身後跟著密密麻麻的小蜘蛛。

聽見大蜘蛛的聲音，軍官和士兵迅速將女孩們護在身後，士兵手上原本朝向睚眥的武器，全轉向對著大蜘蛛。「屠龍博士，這裡不歡迎你！睚眥，快告訴我萬里王子在哪裡？」

大蜘蛛全身暗紅色鋼刺，蜘蛛腳的底部，是五根人類的手指，指甲則是鋒利的短刀。再往上看，身體上端頂著一個半圓形玻璃罩，裡面插滿管子，一顆腦袋正浸泡在詭異的螢光色液體中。

玻璃罩下方有一排大小不一的眼睛，一張詭異的臉，出現在正中央的眼睛上，看了令人毛骨悚然。

睚眥露出嫌惡的表情，「炸我豪宅的人就是你吧！變態死蜘蛛。」

「沒禮貌，我是鼎鼎大名的『屠龍博士』，難道你幾位兄長沒有告訴你嗎？」蜘蛛舉起前腳，不停互相摩擦，彷彿準備大快朵頤。

「『禿聾薄屎』是什麼鬼東西？你這麼醜怎麼好意思跑出來嚇人？」睚眥充滿輕蔑的表情和語氣，把屠龍博士氣得說不出話來。

睚眥轉頭對軍官說：「你們保護好我的粉絲，就等於是保護好你家鵬萬里了，這隻醜八怪交給我對付！」

屠龍博士眼珠子一轉，好像忽然明白了什麼，大聲下令，「孩子們出來，把那些女孩全殺了！」

奇形怪狀的怪物從四面八方湧出，士兵動作整齊劃一，迅速拔出配槍和軍刀，將粉絲護在中央，和怪物展開激烈廝殺。

這時，一隻有翅膀的猴子，撲向其中一位長髮女孩，抓起她便往天上飛去，其他女孩見狀，緊抓住長髮女孩的雙腳，飛天猴力氣大，女孩們像一串肉粽般，集體被拉上空中。忽然，兩道閃電般的橘光閃過，眾女孩在尖叫聲中紛紛跌落，幸好被士兵們及時接住。

小比妹和小飛鏢同時出現在睚眥面前，睚眥蹙眉，「咦？你們怎麼來了？給你們的任務呢？」

小比妹微仰著下巴，一臉驕傲的模樣，「當然是完美達成了呀！大家就等你了，你還在這裡玩耍。睚眥哥，你這是『曠日廢時』哦！」

「好了好了，別再賣弄成語了。來，小飛鏢，你瞧瞧那隻醜八怪爛蜘蛛，是不是他將你們製成炮彈的？」

小飛鏢轉向屠龍博士，刀柄上突然冒出烈焰，想衝向屠龍博士，卻被睚眥一手抓住。

「急什麼，要算帳也是我先來。你先去解決那些噁心的怪物，讓女孩們離開，再來好好的跟他算帳。」睚眥將好好兩字拉得很長，小飛鏢上下移動表示同意，帶著滿滿的怒氣朝怪物們衝去。

「睚眥，萬里王子到底在哪裡？」軍官一邊砍殺怪物，一邊帶著女孩們一步步往莊園外退，「難道你真的想讓兩族開戰嗎？」

「別說傻話了！」睚眥看向那個猛翻白眼的女孩問：「霏霏小可愛，你會說龍族語嗎？小霏教過你吧？」

女孩露出燦爛的笑容，一臉驕傲的模樣，「當然，小霏還誇獎過我，說我講得很好呢！睚眥哥。」

女孩一回答，身上立刻冒出濃濃的粉色煙霧，在眾人的咳嗽聲中，變回少年的模樣。

「王子殿下！」站在少年身邊的軍官又驚又喜。

「別廢話了，快滾吧！」睚眥將一顆時空門開啟球丟給鵬萬里，「小比妹會帶你們去集合地點，有一群人在等你，對時空門用龍族語說出目的地，帶他們一起離開。」

少年接住時空門開啟球，興奮的將球翻來覆去看個不停，

「七哥，這是二哥的新作品？」

「別亂叫，誰是你七哥？不要以為小妹對你客氣，你就有資格叫！要是我的粉絲少了一根頭髮，我要你負責！小比妹，帶他們走！」

「殺光他們，別讓他們離開！」屠龍博士大叫。

「快滾！」在睚眥的吼聲中，一股劍氣將所有的人送出莊園。有位粉絲回頭看，看到睚眥正被鋪天蓋地的小蜘蛛淹沒。

小蜘蛛從四面八方湧向睚眥，睚眥手中的劍沒有停過，小蜘蛛的屍體已疊成一堆堆小山，但是湧向他的小蜘蛛卻絲毫沒有減少。睚眥的劍越揮越快，快到只剩下劍光殘影，而屹立其中的睚眥專注的運劍，不像在打鬥，倒像是在完成一件神聖的事，神情少了平時的傲慢與輕狂，取而代之的是一種難以形容的平靜與莊嚴。

終於，不再有小蜘蛛往他爬去，睚眥停下劍勢，對空舉劍行禮，臉上又恢復慣有的豪邁不羈。

「禿聾什麼屎的，你就這點本事？我剛熱身完畢，再放些怪物陪我玩玩吧！」睚眥擋在莊園的門口，不讓任何怪物往外跑。

「你以為是你在拖延我的時間？」屠龍博士的蜘蛛頭搖了搖，呵呵呵的笑了起來，「錯錯錯，其實，是我在拖延你的時間。」

「誰拖延誰都無所謂，反正鵬萬里逃出去了，遊客逃出去了，這裡只剩下你和我，你們想挑起的戰爭失敗了，你還奈何不了我。所以，我贏了！哈哈哈哈！」睚眥的笑聲響徹雲霄，他是真的開心，今天他救了很多人，還阻止了一場莫名其妙的戰爭。

「你很開心？」屠龍博士舉起四隻蜘蛛前腳，開心的拍手大笑，「我也很高興啊！」

「現在來算算炸毀我房子的那筆帳吧！」睚眥看著眼前拍手大笑的蜘蛛，覺得異常噁心討厭。

「你怎麼不問問我，為什麼開心？」屠龍博士咧著大嘴，看著睚眥，「算了算了，讓我告訴你好了。我高興是因為你們一個都逃不了，哈哈，全要跟我一起被炸掉，一起化成灰。」屠龍博士指著空中，「快看，我特製的飛彈就要到了，哈哈哈！」

睚眥往屠龍博士指的方向看去，果真看到空中有三個小黑點，越來越大。

「看看三個小可愛，正朝著我們飛奔而來。我還可以告訴你，我在王子和你那群粉絲身上裝了追蹤器，有兩顆飛彈正朝著他們飛奔而去，投入他們小小的懷抱，哈哈，是不是超棒？

而且你別想去阻止，因為你身上也裝了追蹤器！」

屠龍博士忽然尾部一抬，一股像樹幹一般粗的蜘蛛絲朝睚眥噴去。

「對了對了，我不敢輕視你龍七少爺的能力，所以我會留在這裡陪你，到時候我們一起被炸成碎片，你碎片中有我、我碎片中有你。是不是很浪漫啊？呵呵呵呵……」

「有病！」睚眥舉劍砍落正面噴來的蜘蛛絲，腳下卻被更多蜘蛛絲纏住，不知何時又冒出一大群小蜘蛛，從四面八方向他噴射蜘蛛絲。睚眥砍掉腳上的絲，手和劍又被纏上，「有完沒完！」

睚眥扯掉手上的絲，一邊拿出龍王呼，一邊釋放龍神力，龍神力化成橘色火焰，把身上的蜘蛛絲瞬間燒毀殆盡，但四周馬上有更多的蜘蛛絲朝睚眥噴來，「喂，找清炎來聽，我是睚眥，什麼密碼暗號？囉嗦！叫清炎來！」

睚眥往前一個翻身，將身上的蜘蛛絲扯掉一半，身上的火焰卻不如先前那般猛烈。

「對了對了，你有沒有發現？這些蜘蛛絲會吸取你的龍神力，怎麼樣？這個發明很厲害吧！」屠龍博士站在一旁，悠閒的像在欣賞美景。

「七少爺！」龍王呼裡傳來清炎的呼喚。

「清炎，有三顆飛彈正往鵬龍古城飛來，其中一顆往商店街去，快去申請巨雷，在它落下前摧毀它。一定要快！另一顆飛彈的目標是鵬萬里。」

「七少爺，請放心，幾分鐘前我們已經偵測到那三顆飛彈了。雷神殿幾秒鐘後便會發出兩道巨雷。但是，雷神殿通知來不及蓄滿電力，所以無法摧毀最後一顆飛彈，七少爺，您要不要先離開？」清炎充滿焦慮。

「離開？那可不行，我還有毀屋之仇沒報。」睚眥看了大蜘蛛一眼，露出深不可測的笑容。

忽然，一道巨雷閃過，遠方天空炸出一團漂亮的火球。接著，又一道巨雷閃過，卻什麼也沒發生，空中沒有火光、沒有巨響、沒有爆炸。

「哈哈哈，我忘了跟你說，我的飛彈會自行躲避危險。」屠龍博士舉起四隻蜘蛛手開心的拍著。

睚眥使用他與兵器之間的特殊連結，對著遠方大叫：「小比妹，鵬萬里到了嗎？飛彈到達前，快用時空門！」

這時，一顆飛彈從睚眥頭頂掠過，朝商店街飛去。睚眥使勁一蹬，舉劍騰空飛起，要向飛彈砍去，腳下卻被一股巨大的蜘蛛絲纏住，眼看飛彈越來越接近地面。

睚眥釋放體內所有龍神力，啟動和兵器之間的連結，他不在乎屠龍博士的蜘蛛絲正不停吸取他的龍神力，「睚眥號令，百里之內，所有武器聽命，用盡一切方法，阻止飛彈落地！」

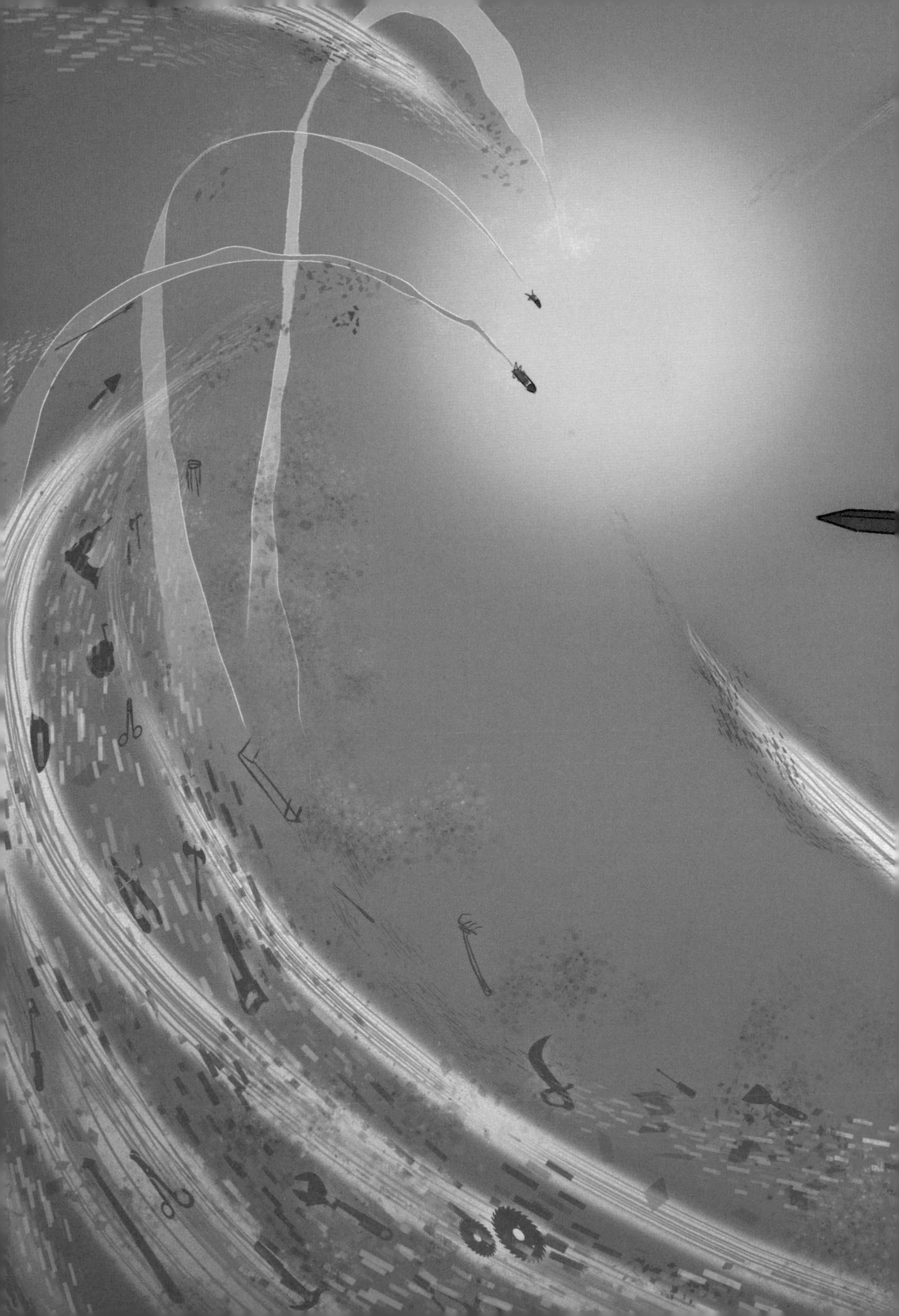

睚眥令一出，只見百里之內各式武器，榔頭、鋸子、牛排刀、小釘子、園藝剪刀、餐廳裡的鐵板凳、路邊的鋼條……所有自認為是武器的東西，全部騰空飛起，義無反顧的往飛彈衝去，飛彈前進的速度緩了下來，許多武器撲上去又紛紛掉落，接著有更多的武器前仆後繼衝上前又再度掉落。

「主人，大家都進時空門了，我過去找你。」小比妹的聲音在睚眥心裡響起。

睚眥終於放鬆，一收回龍神力，「轟！」遠方，飛彈瞬間落地，地面劇烈震動，他一個踉蹌差點跌倒。

好不容易穩住腳步。睚眥抬起頭來，面前依舊是屠龍博士那張不懷好意的笑臉。

「現在只剩我們了。」睚眥勾起一抹高深莫測的微笑。

「你幫了別人，可就沒有力氣逃了，呵呵呵。」屠龍博士噴出更多蜘蛛絲纏住睚眥，笑得前仰後翻。

「誰跟你說我要逃？」睚眥看向大蜘蛛，「別忘了，我還要跟你算帳！」

「算帳？你想怎麼算？」屠龍博士看著快到眼前的最後一顆飛彈，因為興奮，聲音變得異常尖銳。

睚眥不理會屠龍博士，用龍族語大聲念出：「天地澤被、風火雨雷、穹蒼之內、龍族顯威——皇子睚眥，靈動現身！」

橘光一閃，從光芒中衝出睚眥——龍頭豺身的原形，朝屠

龍博士咧開大嘴，「你沒看出來嗎？本大爺比你更興奮！」

睚眥咬住身上的蜘蛛絲，往自己用力一拉，屠龍博士的蜘蛛身軀瞬間落在睚眥面前，肚子被睚眥用豺狼般的爪子使勁一壓，擠出一堆蜘蛛絲。

屠龍博士豎起身上暗紅色的鋼刺，鋼刺插進睚眥的爪子，睚眥卻彷彿一點感覺也沒有，張口咬斷爪子上的刺，再一根根將鋼刺從屠龍博士的身上咬出來，痛得屠龍博士哇哇大叫。

「你知不知道，全世界你睚眥爺爺我，最痛恨這些像死窮奇一樣該死的刺。」睚眥惡狠狠的說。

沒幾秒，屠龍博士身上沒有半根刺，像顆被壓扁的肉球，在睚眥的爪子下掙扎，「最後一顆飛彈快到了，等你炸成灰，看你怎麼囂張。」

「對啊！你那顆會追蹤我的飛彈怎麼還不來，我等好久了呢！咱們一起去拜訪你其他的腦渣吧！」

睚眥對著時空門開啟球設定目標，「存放屠龍博士腦袋的實驗室！」他將時空門開啟球往地上一扔，咬起肉球般的屠龍博士，領著已經來到他身後的飛彈，跳進時空門。

小比妹趕到時，只聽見睚眥爽朗的笑聲伴隨著巨大的爆炸聲，從關閉的時空門的縫隙中傳來。

「睚眥哥！」小比妹的叫聲被寒風吹散，天空落下一顆顆晶瑩剔透的小雪花……

「小涯，快走！快走！」小師兄的吼聲隨著寒風吹進涯自的心底，天空落下一片片晶瑩剔透的小雪花。

「別想走。」牛形怪獸身上的毛，如鋼鐵般的尖刺，往涯自的方向噴射。

三師兄將手中的劍射向涯自，幫他擋住幾根銳刺後，終於支撐不住，往前撲倒。涯自接住三師兄的劍，向前衝飛，落在師兄們和牛怪之間。

「又來一個，很好，很好，我還沒吃飽，我最喜歡吃忠信正義的人了。」牛怪發出人的聲音。

「你是『窮奇』！」涯自舉劍指向牛怪。

「哈哈哈，小子竟然知道我是『窮奇』。那你應該知道你們這群大俠，就是我最想吃的人。」牛怪低頭一晃，變成一隻長著翅膀的大老虎，張大嘴撲向涯自。

小師兄踉蹌的站到涯自身邊，和涯自同時舉起武器阻擋，左手無力垂掛在一旁晃動，「小涯，窮奇是四大凶獸之一，專吃正義之士，我們打不贏牠，你背著師父快走！」

「你們先走，這隻怪獸讓我來解決。」涯自想支開師父和師兄，等他們一離開，他就可以變回睚眥，到時候，一隻小小的窮奇根本算不了什麼。

他不想在師父師兄們面前變身，不想讓他們知道他不是凡人。往後的日子，他還想跟他們一起生活、一起練功、一起感受人世間的種種。

可是，無論怎麼勸阻，三師兄和小師兄並沒有因為傷勢而退縮，儘管傷痕累累仍跟在涯自身旁。他們三人且戰且退，一路退往師父盤坐的樹下。

窮奇似乎不急著攻擊，開心的鼓著翅膀，逗弄他們三人，這裡咬一口，那裡啃一下，像玩弄老鼠的惡貓。

「師父、師父！」三人蹲在師父面前，一邊抵禦窮奇的攻擊，一邊呼喚。當大家看到師父還有微弱的氣息，才露出安心的笑容。

小師兄架起師父，師父搭著小師兄的肩膀，忽然睜開眼，舉起手中的劍，往空中一揮。空中傳來一聲怒吼，一隻染血的翅膀掉落地面。

氣極了的窮奇不再逗弄他們，發狠咬住師父的頭。已經氣若游絲的師父，被窮奇叼住頭顱往旁邊一拋後，便不再動彈。

涯自不再遲疑，朝著窮奇用龍族語大吼：「天地澤被、風火雨雷、穹蒼之內、龍族顯威——皇子睚眥，靈動現身！」

龍族七皇子睚眥在一片橘色煙霧中現身，一口咬住空中的窮奇，沒搞清楚狀況的窮奇，被睚眥左甩右摔，睚眥的牙齒深深插進窮奇的身體，恨意讓尖牙陷得更深更深，沒幾下凶狠的怪物就失去意識。

睚眥狠狠踩爛窮奇，像小孩子討賞般回頭看向師父，卻只看到兩位師兄跪在師父面前，師父浸滿鮮血的布衣，埋在不停落下的大雪之中，猶如他一向喜歡穿的純白衣袍。

那日，師父再也沒有醒來。

睚眥眼中換了場景色，白髮白鬚白衣的師父正舞著劍，劍法行雲流水，劍光燦爛奪目，如流暢飄逸的詩、如豪放激揚的歌，動時雷霆萬鈞、靜時彷如鏡面湖水。雪花隨著劍風飛舞、旋轉。睚眥哽咽叫了一聲：「師父……」

「小涯，你長大了，真好，是個大俠了。」師父收起劍，帶著微笑來到睚眥身邊。

睚眥眼淚嘩啦啦的流了下來，「師父，我不是大俠，是怪物，龍不龍、人不人的怪物……」

師父溫柔的撫摸著睚眥的頭，「你不是怪物，是受人景仰的大俠，更是師父的好徒弟。你今天救了好多人，還阻止了戰爭，真是辛苦了。」

「可是，我來不及救你們……」他救了許多人，卻救不了師父、師娘、大師兄和二師兄。

「沒關係的，我們都知道。」師父的身影漸漸消失，朦朧中，睚眥看到師娘、大師兄和二師兄站在師父身邊，對著他微笑，還對他伸出大拇指。

「我們以你為榮，你真是個好孩子。」

「小涯，你是大俠了！」

「挺起胸膛來！涯自大俠！」

「大哥，七弟怎麼一直流淚，該不會是眼睛被炸壞了吧？我從沒看過他哭。」蒲牢走在大哥身後，盯著大哥背上淚流不止的睚眥。

贔屭背著傷痕累累、陷入昏迷的睚眥，「真是的，用這種不要命的打法，嚇壞大家了。」

「不過，老實說，七弟真的很厲害，能想出這種怪招，一下子就解決了所有的屠龍博士！」蒲牢伸手輕輕撫摸著睚眥的頭，「還很勇敢！」

「我們快離開，這裡發生大規模山崩，凡人的偵查隊應該不久就會到了。」贔屭背著睚眥，加快腳步通過陸續崩坍的山壁，「問二弟，醫護準備好了嗎？」

「我才不敢去問二哥，放心啦！二哥一定早就準備好了。

連凡人的記憶都被他改好了。」蒲牢的大嗓門，震得幾顆巨石滾下來。

「不敢問二弟，那你去叫五弟研究一下，蝦子怎麼煮最好吃。」

贔屭這句話，讓蒲牢一臉疑惑，「大哥，你想吃蝦子？」

「你沒聽我背上這個臭小子，嘴裡不停的喃喃著大蝦、大蝦，不知道有多想吃蝦子。叫老五煮一大鍋，等他醒來後好好吃一頓。」贔屭走進開在山腰上的時空門，「吃飽了還要戰鬥呢！」

「屠龍博士都死了，還打什麼仗？」蒲牢皺起眉頭跟了上去。

「聽說彭翁帶著一萬大鵬軍隊消失了。」

「他還想跟我們宣戰嗎？鵬萬里不是已經回去澄清被綁架的誤會了？」

「誰知道那個瘋子在想什麼。龍族的雲雨杖還在他手中，至少要把雲雨杖搶回來。」

在時空門關上的瞬間，雪停了，取而代之的是前所未有的傾盆大雨……

龍族英雄〔瞎眥〕
# 武打明星的試煉


作　　者：陳沛慈
繪　　圖：楊雅嵐
總 編 輯：鄭如瑤
主　　編：施穎芳
文字編輯：吳宜軒
美術編輯：張雅玫
行銷副理：塗幸儀
行銷助理：龔乙桐
出版與發行：小熊出版／遠足文化事業股份有限公司
地　　址：231 新北市新店區民權路 108-3 號 6 樓
電　　話：02-22181417 ｜傳真：02-86672166
劃撥帳號：19504465 ｜戶名：遠足文化事業股份有限公司
Facebook：小熊出版｜ E-mail：littlebear@bookrep.com.tw

**讀書共和國出版集團**
社　　長：郭重興
發 行 人：曾大福
業務平臺總經理：李雪麗
業務平臺副總經理：李復民
實體通路暨直營網路書店組：林詩富、陳志峰、郭文弘、賴佩瑜、王文賓、周宥騰
海外暨博客來組：張鑫峰、林裴瑤、范光杰
特 販 組：陳綺瑩、郭文龍
印 務 部：江域平、黃禮賢、李孟儒
讀書共和國出版集團網路書店：www.bookrep.com.tw
客服專線：0800-221029 ｜客服信箱：service@bookrep.com.tw
團體訂購請洽業務部：02-22181417 分機 1124

法律顧問：華洋法律事務所／蘇文生律師
印　　製：凱林彩印股份有限公司
初版一刷：2023 年 1 月
定　　價：320 元
ISBN：978-626-7224-22-9（紙本書）、9786267224243（EPUB）、9786267224236（PDF）





國家圖書館出版品預行編目（CIP）資料

龍族英雄（瞎眥）：武打明星的試煉 / 陳沛慈作；楊雅嵐繪. -- 初版. -- 新北市：小熊出版：遠足文化發行, 2023. 01
168面；21×14.8 公分. --（動小說）

ISBN 978-626-7224-22-9（平裝）

863.596　　111019755

小熊出版讀者回函

小熊出版官方網頁